# Willy Radu

## Luc und Clou

# Luc und Clou

**Willy Radu**

Impressum

Text: Willy Radu
Cover-Illustrationen: Willy Radu

Willy Radu
Weinhof 19. 89073
Ulm. Deutschland
willy.24@web.de

Druck:
BoD – Books on Demand, Norderstedt.

ISBN. 9783751960441

„Eine Pizza Frutti di Mare   bitte, und ein Glas Frascati, kalt wenn's geht!"

„*Grazie signorina*!", antwortete der junge Kellner, indem er mit seiner Serviette die Tischdecke, auf dem hier und da getrocknete Brotkrümel herumlagen, aufsammelte.

„Und Sie meine Herren, und Sie Fräulein?"

„Es tut mir leid, junger Mann, aber ich bin keine *Signorina*, Pfui..., wenn Sie gestatten!" Die anderen brachen plötzlich in ein fröhliches Gelächter aus, und das Mädchen betrachtete ihrerseits mit einem Hauch von gespielter Unschuld, ihre scheinbar nur oberflächlich gefeilten Fingernägel.

„Entschuldigen Sie " , sagte der junge Mann in einem Augenblick, höflich lächelnd.

„Sie möchten doch etwas bestellen, eine Pizza oder Canneloni vielleicht?"

„Ach, es ist ja zum Verzweifeln mit all diesem unmöglich benannten Kram! Haben Sie auch was Angenehmeres zu konsumieren hier?"

„Etwas angenehmes, *Signora*?", fragte der Kellner und versteckte die Leinenserviette unter der schneeweißen Schürze. „Was meinen Sie damit?"

„Mmm..., ich meinte einen Tartar, oder besser noch einen Salatteller? Ich weiß noch nicht genau. Nehmen Sie weiter Bestellungen an, ich überlege noch!"

„Wie Sie wünschen!"

„Für mich dasselbe, wie für die junge Dame!", murmelte ein blonder Jüngling, dessen überaus blaue Augen jedoch eiskalt und ohne jeden Schimmer waren.

„Also, Pizza Frutti die Mare und ein Glas Frascati!"

„Sie haben's verstanden. Ein ausgezeichnetes Gedächtnis, gratuliere!"

„Dafür brauchen Sie mir nicht zu gratulieren.", erwiderte der Junge, ein bisschen blass, ohne die Ironie beachten zu wollen. Mit gleichgültiger Stimme sprach er weiter, indem er sich einem neuen Kunden am Tisch zuwandte - ein dunkler Typ, mit Haarfransen, die die Augen bedeckten - ein Teenager, bestimmt.

„Sicherlich haben Sie inzwischen an etwas bestimmtes gedacht."

„Ich glaube schon, mein Herr!", lächelte er natürlich und angenehm zurück und gewann damit gleich dessen Sympathie, während über sein gebräuntes Antlitz ein ruhiges, verführerisches Zucken huschte.

„Heute möchte ich etwas an Gewicht zunehmen, meine Lieben! Ich werde zuerst eine Portion *Spaghetti à la Napoletana* bestellen, danach, wenn noch irgendwo Leerraum bleibt, werde ich noch eine riesige Pizza verschlingen, welche sich *Pizza Quattro Stagioni* nennt. Aber, ich bin noch nicht fertig. Zuletzt bringen Sie mir noch ein Sambuca und einen Espresso, genau so stark wie Lothar Matthäus' Ballschuss!"

„Schau, dass dir diese Fressucht nicht hinten rauskommt!", begann der Blonde zu lachen und warf dabei seiner Tischgenossin, ein reizendes, attraktives Mädchen, einen komplizenhaften Blick zu.

„Quatsch, mein Lieber! Was gibt's zu trinken?", wandte er sich noch dem Kellner zu.

„Ich werde die Getränkeliste gleich bringen. Wünschen Sie alkoholische oder Erfrischungsgetränke?"

„Erfrischungsgetränke? Höre ich richtig? Sagt mal, sehe ich wirklich wie ein Milchgesicht aus?"

„Wenn Sie Alkohol wünschen, so muss ich zuerst um ihren Ausweis bitten. Es ist nur eine Formsache!"

„Lassen Sie den Ausweis und bringen Sie die Liste!", unterbrach derjenige, den Sie Ray nannten, während er den anderen unter dem Tisch heimlich eins mit dem Fuß versetzte.

„Wir sind hier doch nicht bei der Polizei! Sind Sie ein Bulle?"

„Tut mir leid, aber wer nicht die 16 erreicht hat, kann bei mir keine Bestellungen solcher Art machen. Da gibt's gesetzliche Regelungen und wer sich nicht daran hält, riskiert drastische Geldstrafen oder noch viel schlimmeres. Da gibt's keine Ausnahmen!"

„Ach, was soll's! Bringen Sie mir bitte eine Cola und damit basta!"

Dabei schüttelte er gutgesinnt den Kopf. Ray jedoch, warf dem Kellner einen argwöhnischen Blick zu, den dieser mit seinem Notizen beschäftigt, kaum Beachtung schenkte. Inzwischen hatte sich auch das Mädchen mit dem freizügigen Wortschatz zu einem endgültigen Entschluss durchgerungen:

„Könnten Sie mir vielleicht einen Hawaitoast empfehlen?"

„Leider nicht, *signora*, aber ich kann Ihnen etwas anderes vorschlagen, wenn Sie erlauben!"

„Nein, danke, das tue ich nicht. Sie haben ein ganz schön armseliges Angebot hier! Ich werde Sie keinem meiner Bekannten empfehlen, *Signore*! Bringen Sie mir wenigstens eine Weißweinschorle, das müssen Sie ja haben!"

Der Junge nickte als Zeichen, dass er verstanden hatte und zog sich an einen anderen Tisch zurück, wo ein älteres Ehepaar mit einem 3-4 jährigen Mädchen wartete, das ungeduldig auf ihrem hohen Stuhl hin und her rutschte und aus vollem Halse schrie:

„Ich will Pommes Frites...ich will Pommes Frites..!". Als der Kellner mit der gewünschten Bestellung zum ersten Tisch zurückkehrte, fand er nur das Mädchen vor, dass das Glas Frascati und die Pizza Frutti di Mare verlangt hatte.

„Meine Cliquegenossen sind an der Jukebox!", erklärte sie etwas indisponiert. „Stellen Sie die

Teller trotzdem auf den Tisch, die kommen schon, wenn sie der Hunger packt!"

Der junge Mann tat, was ihm gesagt wurde und ging dem Ruf einer korpulenteren Frau folgend, welche mit einer leicht befleckten Schürze an der Theke bediente. Schon bald waren die Kameraden, die den Tisch verlassen hatten, mit saureren Minen wieder zurück:
„Habt ihr wieder gestritten?"
„Dieses Mal hast du falsch geraten, Clou!", meinte die Brünette mit dem Toast, und setzte sich genervt nieder. „Ich weiß nicht welcher Idiot die Box so blockiert hat, damit wir uns all den Scheiß anhören müssen."
„Ich glaube eine von den beiden Gestalten, da drüben an der Bar!", meinte Ray und machte dabei seinem Kumpel Zeichen Platz zu nehmen.
„Gut, aber dieser Venditti gefiel euch auch! Dir, Iris, wenn ich mich noch recht erinnere!"
„Mir? Ach, was! Du verwechselst ihn wohl mit Ramazotti, meine Teure, Eros Ramazotti!"
„Ach, ja, stimmt! Bitte entschuldige!"

Die beiden Männer an der Bar, die der Diskussion an dem Nachbartisch zugehört hatten, tuschelten kurz miteinander, wonach einer mit zögernden Schritten auf dem Tisch zuging, beide Handflächen aneinander reibend, was eine gewisse Unsicherheit nicht verbergen konnte.

„*Scusi signori*! Ich konnte nicht ahnen, dass diese Melodie Sie so verstimmen würde! Sehen Sie, mein Kollege Giovanni, der da drüben, wollte diese Platte unbedingt nochmal hören! Da hat er aus Versehen wahrscheinlich nochmal drauf getippt! Wissen Sie, er stammt aus Rom, wie dieser Sänger...und...und....!"

„Das geht uns doch 'nen Mist an, mein Lieber! Willst du mit deinem fürchterlich erregenden Knoblauchgeruch den Appetit gerade verderben? Meine Güte, die lernen es ja nie!"

Der Mann errötete auf einmal bis über beide Ohren, er zog sich dann leise zurück, ohne den Blonden noch eines weiteren Blickes zu würdigen.

„Du bist ein Grobian, Ray!", fuhr ihm das Mädchen rechts von ihm an. „Wie konntest du ihn nur so erniedrigen?"

„Da fragst du noch, Clou? Du weißt doch, wie mich solche Typen anwidern! Es sind armselige Bauern ohne irgendwelche Erziehung!"

„Um nach dem Geschehenden zu urteilen, könnte man sagen, dass gerade du diese Eigenschaft nicht besitzt!"

„Sebastian, willst du mir einen kleinen Gefallen tun?"

„Ich liege dir doch zu Füßen, liebstes Schneewittchen, und warte nur auf eine sofortige Ausführung! Ich bin ganz Ohr! Bitte, befehle!"

6

Diese theatralische Szene erreichte ihr Ziel. Sie lächelte, flüsterte ihm etwas ins Ohr und die anderen sahen ihn nur noch zur Bar gehen und mit der Bardame irgendwas plaudernd. Die Szene endete als die Frau eine Flasche aus den Regalen nahm und den beiden Kunden an der Theke die Gläser voll goss und als dankbare Hinzufügung sogar Sebastian einschenkte, der zu den anderen hinüber sah, triumphierend und siegreich wie Zeus.

„Ich verstehe nicht!", sagte Clou's Freundin und nippte kurz an dem mit kleinen Wassertropfen bedeckten, eisgekühlten Glas. „Was geht dort vor? Ich bin neugierig zu erfahren, womit du diesen Einfaltspinsel bestochen hast, dass er so gutgelaunt ist, und dieses fettleibiges Weibsstück überredet hat, einen für ihn zu spendieren!"

„Es ist die Belohnung deiner Taktlosigkeit, Ray!", sagte sie kurz lächelnd zu den beiden, die auf ihr Wohl zu trinken schienen. Jetzt hatten alle verstanden, worum es ging. Der Blonde nickte verdutzt und murmelte etwas vor sich hin. Iris hinterließ eine ironisch geprägte Grimasse, voller Emanzipation und probierte den Wein dann weiter, gequält von ihrer typischen, immer gleichen Isolation. Der Kellner präsentierte zum Schluss die Rechnung, mit noch zwei Gläsern Frascati, die Ray noch mit müder Miene bestellt hatte. Zuletzt sah er düster aus, in schlechter Stimmung und hatte einen leicht verlorenen Blick.

Das Mädchen, das alle Clou nannten, beglich die Rechnung, erhob sich und gab so zu verstehen, dass sie aufbruchsbereit waren.

Auch Ray tat das gleiche, doch stürzte er nach einigen unkontrollierten Bewegungen auf die Tischdecke, wobei er das Tischtuch mitzog und einen fürchterlichen Krach verursachte. Clou sah sich überrascht, ängstlich um, legte dann einige 10 Markscheine auf die Bar und flüsterte etwas wie eine Entschuldigung. Der junge Kellner stützte dem Taumelnden zu Hilfe und versuchte ihn an einer Schulter zu stützen und so zur Tür zu leiten.

Der schwere Körper des Blonden wandte sich aber zur Seite, riss sich los und schob den anderen ein Stück zurück; dieser überlegte nicht lange und versuchte mit einem nachsichtigen Lächeln seine vorhergeltende Geste zu wiederholen. Ray schüttelte sich jedoch erneut frei und verpasste ihm diesmal brüsk eine ins Gesicht. „Hau ab, du Arsch...!"

Sebastian, der selbst nicht gerade sehr gesprächig war, sprang auf und zog den Raufbold hinaus in den Hof. Die beiden Mädchen waren schon auf dem Parkplatz und man hörte Motoren laufen. Nachdem die Eingangstür von draußen zugeschlagen worden war, ging auch die korpulente Barfrau mit komischen Bewegungen auf den Kellner zu, und sie rief noch von Weitem ganz aufgeregt: *„Lucino, que passa?"*

*„Niente, Mama, Niente!"*, antwortete dieser und versuchte sich von der eben verpassten Ohrfeige

etwas zu erholen. Dabei aber wischte er mit der Rückseite seiner Hand einen Blutfaden vom Gesicht, der unbeachtet aus einem seiner Mundwickel rieselte. „*Niente!*", fügte er noch einmal hinzu und sammelte die Scherben, die überall am Boden lagen, auf.

„*No credo, per Bacco!*", pfiff die Frau zwischen den Zähnen hindurch und rannte dem Wagen hinterher. Sie konnte jedoch nicht mehr die Nummernschilder der beiden Autos erkennen, welche in einem riesigen Rauch und Staubwirbel die Straße hinab rasten. Zurückkehrend konnte sie nur noch mit Abscheu bemerken:

„*Qui porchi*! Was für Schweine!"

Sie suchte den Jungen im Restaurant, aber da sie ihn dort nicht finden konnte, ging sie die Treppe zu den Appartements im ersten Stock hoch, wo die Familie des Besitzers wohnte.

Sie fand ihn wie vermutet dort, mit einem nassen Lappen in der Hand. Er schien damit seine Nase abzutupfen. Von diesem Anblick überrascht, brachte sie einen unverständlichen Schrei über ihre Lippen und stürzte sich verzweifelt auf ihn zu. Der hielt sie aber mit einer Geste zurück und sagte:

„Es ist nichts Ernstes Mama! Das geht schon vorrüber!"

„Welcher von denen hat dich so zugerichtet? Kennst du ihre Namen?"

„Si, mama, aber hol sie der Bock! Der eine war so betrunken, dass er sich kaum noch auf den Beinen hielt! Er war nur betrunken!"

„Das gibt ihnen noch lange nicht das Recht sich wie Wilde aufzuführen! Leider haben sie sich zu schnell aus dem Staub gemacht! Ich konnte ihre Autos nicht mehr erkennen, sonst hätte ich sie wissen lassen, wer Donna Rosalia ist! Und so schnell hätten sie mich nicht wieder vergessen. *In aeternitam!*"

„Ach, mama, was soll's! Sieh...mir geht's schon besser! Ich bin nur etwas empfindlich an der Nase, das ist alles! Das war ich schon immer, wenn du dich noch gut erinnerst!"

„Aber du warst sehr folgsam! *Un revo angelo*! Komm nicht mehr runter! Bleib da und verbring den Rest des Abends nach deinem Willen. Giorgio kommt auch ohne dich zurecht. Heute ist sowieso nicht viel los, aber Besoffene gibt's jede Menge! *Castigo di Dio...castigo di Dio...*"

Sie ging nachdem sie sich versicherte, dass Lucino die Wahrheit gesagt hatte, und ihre Worte waren noch im Treppenhaus zu hören, bis sie dann im Stimmgewirr der Gäste im Lokal untergingen. Der Sohn des Besitzers erhob sich mit einem Seufzer aus dem bequemen Sessel, wo er bis dahin gesessen hatte, schaltete das Fernsehgerät ein und goss sich ein Glas Milch voll, die er aus dem nahestehenden Kühlschrank holte. Langeweile trat aber sehr bald bei ihm auf und er schaltete wieder ab. Er schrieb noch etwas in ein kleines Notizbuch, mit kaum leserlicher Schrift, dann übermannte ihn jedoch die Müdigkeit, und er schlief das Büchlein beiseitelegend ein.

*

Er wurde erst durch ein vorsichtiges, leises Klopfen an der Tür geweckt, das vom Flur her ins Zimmer drang. Er rieb sich die Augen mit einer nervösen Handbewegung und warf einen Blick auf den Wecker, der auf dem Nachttisch stand, - 10.25 - ging es ihm mit Unzufriedenheit durch den Kopf: „Nicht einmal am Montag hast du deine Ruhe, *que gente malamente! Si...?*" , fragte er und vergrub seine Nase wieder in das warme Kissen.

Donna Rosalia steckte ihren Kopf durch die Türspalte und sagte:

„*Una signorina forestiere!* Sie will dich sprechen, Lucino!"

„*Una signorina?* Aber heute haben wir geschlossen, Mama!"

„Das weiß sie auch, aber sie hat vorher angerufen und hinterlassen, dass sie gegen Mittag hier vorbeikommt! Es scheint eine der *tedeski*, von gestern Abend zu sein, die mit den beiden Randalierern da war! Sie ist jetzt aber alleine und möchte mir dir reden!"

„Mit mir, Mutter? Worüber könnte sie mit mir reden? Sag ihr bitte, dass ich noch schlafe, und dass sie mir nichts schuldet, *assoluto niente...* "

„È una ragazza bella, Lucino! Peccato per te! Ha una macchina eccentrica!"

„Willst du sie wirklich nicht sehen? Sie nennt sich Clothilde, wenn ich richtig gehört habe und macht einen ziemlich guten Eindruck!" Lucino machte keine Anstalten etwas zu antworten, aber als seine Mutter die Tür hinter sich schließen wollte, wandte er plötzlich ein:

„Sie soll unten warten, Mama, bis ich mich anziehe!" Die Frau lächelte zufrieden. *„Bene, Lucino!"*

Nachdem er seine Mutter in Eile die Treppe herabsteigen gehört hatte, erhob er sich mit schwerer Mühe aus den Federn und machte ein paar Schritte zur Toilette, auf dem Flur. Bevor er sie aber erreichte, warf er noch einen kurzen Blick aus dem Fenster auf den Parkplatz hinter der *Bella Roma*. Ein Gefühl der Überraschung überkam ihn. Der einzige geparkte Wagen war ein Jaguar, Sondermodell, zweitürig mit getönten Fensterscheiben - ein so genannter Sportflitzer. Der Junge dachte sich: „Deren Eltern müssen ja, stinkreich sein." Dann putzte er seine Zähne und rasierte seinen Bart, wie jeden Morgen, mit seiner gewöhnlichen Routine.

Als er die Treppe hinabstieg, sah er das Mädchen an einem Tisch sitzen.

Sie war mit dem Rücken zu ihm gekehrt und trank etwas aus ihrer Tasse. Donna Rosalia, die hinter der Bartheke putzte, hörte ihn kommen und zwinkerte ihm mit dem Auge zu, - auf den Gast deutend. Jetzt bemerkte auch sie ihn, und kehrte ihm sofort ihr Gesicht, mit einem scheuen Lächeln zu.

„Guten Tag!" , murmelte sie leise. „Ich bin Clothilde, erinnerst du dich?"

Rosalias Sohn rieb sich mit einer Hand die Nase und tat so, als ob er immer noch verärgert sein würde; dazu flüsterte er nachdenklich:

„Ja, ich erinnere mich! Ich heiße Lucino, Lucino Passielo!"

„Du bist also der Sohn des Inhabers Adamo?"

„Genau, *signorina*!"

„Nenn mich Clou, wie die anderen auch! Einverstanden?". Lucino nickte gleichgültig mit dem Kopf. Er saß etwas verkrampft da, unwissend, was diese Luxusmieze eigentlich von ihm wollte. Das Mädchen, das diese Verlegenheit sofort bemerkte, sagte sogleich:

„Können wir irgendwo ungestört miteinander reden, nur wir beide?"

„Sicher! Wir können hinausgehen, wenn du nichts dagegen hast!"

„Nein, habe ich nicht!"

Lucino folgte ihr langsam und flüsterte seiner Mutter, die die beiden nicht aus den Augen gelassen hatte, irgendwas zu.

Draußen schien die Sonne. Es war Mitte August und es herrschte eine ungewöhnliche Stille - wie immer, wenn das Lokal geschlossen war. Clothilde begann mit einem von Schwermut gezeichneten Ton zu erklären:

„Ich möchte, wenn's geht, einiges gutmachen, was gestern Abend bei euch geschehen ist! Das Benehmen meines Freundes Ray war bedauerlich und humorlos..."

„Er ist dein Freund also?", fragte er etwas erstaunt, und senkte seine Augen auf die Spitzen seiner schwarzen Lackschuhe, die noch Getränkeflecken vom Vorabend aufwiesen.

„Nicht in dem Sinne! Ich akzeptiere ihn nur, sonst ist nichts zwischen uns! Überhaupt in letzter Zeit, wo er so oft trinkt und überall nur Streit sucht. Du sollst nicht glauben, der Erste zu sein, zu dem ich komme, um aufgebrachte Gemüter zu versöhnen!"

Lucino schritt schweigend weiter und sagte nach einer Weile:

„Es ist wirklich nicht der Mühe wert, *signorina!* Das von gestern Abend, habe ich schon vergessen! Glauben Sie mir."

Sie kamen in die Nähe des Sportwagens, der auf dem Parkplatz stand, und der Junge hörte sich sagen:

„Der hat wohl einiges gekostet, was?!"

„Was meinst du damit?", fragte sie mit den Gedanken weit weg.

„Na, dieser Sportschlitten! Ich glaube, er hat ein wahres Vermögen gekostet!"

14

„Keine Ahnung! Mein Alter hat ihn mir letztes Jahr zum Geburtstag geschenkt!"

„Wie viel Sachen schafft er denn?", fragte er noch, begeistert über die schneeweiße Lederinnenausstattung.

„Ich hatte noch nicht die Gelegenheit mehr als 190 zu fahren, aber ich weiß, er erreicht die 250 km/h! Hab's irgendwo im Prospekt gelesen."

„Fantastisch! Sicher verbraucht solch eine Luxuskarosse eine ganze Raffinerie an Brennstoff!?"

„Nicht ganz, aber fast. Hattest du noch nie ein eigenes Auto?", fragte Clou mit einer verständlichen Ratlosigkeit.

„Doch! Einen Alfa Print 90 PS, aber ein Irrer hat ihn mir zu Schrott gefahren bei einem Wettrennen und seither wurde mir der Führerschein für sechs Monate entzogen. Im September kriege ich ihn wieder, dann werde ich mich nach einem anderen Wagen umsehen!"

„Gefallen dir Autos, Luc?"

„Luc?"

„Ich hoffe, es macht dir nichts aus, wenn ich dich so nenne. In unserer Clique kürzen wir gewöhnlich die Vornamen."

„Nein, nein... es macht mir nichts aus! Nenn mich, wie du willst!"

„Du magst also Autos?"

„Ja, so lange sie mir nicht Kopfzerbrechen bereiten und nicht zu schnell rosten!"

„Verstehe! Willst du mit mir eine Runde drehen?"

„Hmm... in so einen Wagen zu steigen, das ist eine echte Versuchung, aber heute hab ich keine Lust dazu, vielleicht ein anderes Mal!"

„Ein anderes Mal, das könnte über's Jahr sein, jedenfalls nicht so schnell, das solltest du wissen. Kommenden Monat fahre ich nämlich in die Ferien und werde so bald nicht zurück sein."

„Wie du meinst, trotzdem vielen Dank für die Einladung, Clou! CLOU - ist es richtig so?"

„Ha...ha, Klaro! Es ist o.k."

„Vielen Dank nochmals für die Einladung."

„Keine Ursache! Ich liege bei dir in der Schuld, signore Luc! Wenn du wirklich nicht mitfahren willst, dann zische ich jetzt ab. Ich muss noch einige Besuche heute abstatten, verstehst du?"

„Ich glaube schon!", entgegnete der junge Mann und trottete langsam zum Eingang der Pizzeria. „Ciao, Clou!"

Das Mädchen sah ihm nach und ließ den Motor an; sie winkte noch kurz mit der Hand zum Abschied und rief ihm von weitem nach:

„Jedenfalls werde ich meine Schuld dir gegenüber nicht vergessen!"

Mit einem riesigen Getöse raste sie davon und verschwand dann, das Aufsehen der Passanten erregend, in das Verkehrschaos der Straße. Lucino trat sofort ins Haus und schloss die Tür hinter sich zu. Seine Mutter wartete dort ungeduldig:

„Dein Vater hat gerade angerufen! Er kommt aus Rom zurück. Er bringt auch Tonino mit."

„Wunderbar, Mama!", erwiderte er gedanklich abwesend. *Donna* Rosalia durchschaute ihn heimlich:

„Siamo in Paradiso, ha?"

Luc verschwand jedoch im Treppenhaus und hörte ihre letzten Worte nicht mehr.

*

In der folgenden Woche, nach der Ankunft des *Patrone* aus Rom, erreichte die Familie Passielo, - besser gesagt , Lucino - eine unerwartete Sendung. Ein junger Lieferant hatte einen Citroen Diana 6CV und einen Brief mit folgender Mitteilung übergeben:

DAS IST DIE DEMÜTIGSTE MÖGLICHE AUFMERKSAMKEIT, ICH WEISS, ABER SIE IST EHRLICH BEZAHLT, OHNE JEDE HILFE MEINES ALTEN. MEINE EIGENEN SCHULDEN BEZAHLE ICH IMMER SELBST.     Clou

Als Erstes wusste der Junge nicht, was er über die kleine Ente, die draußen auf ihn wartete, glauben sollte. Im ersten Augenblick wollte er das Geschenk abweisen, aber der alte Adamo ermahnte ihn und hielt ihn von dem Gedanken ab:

„Verdirb' dem Mädchen nicht die Freude, wenn sie dir eine Überraschung machen will!"

So akzeptierte Lucino die ungewöhnliche Gabe mit einer Spur von innerer undefinierbarer Verwirrheit. Da Miguela, die jüngere Schwester, auch Ferien hatte, fuhren beide in die Berge, so wie sie es manchmal taten, wenn sich eine Gelegenheit ergab. Bei der Rückkehr empfing ihn Passielo mit ernsthafter Miene: „So, jetzt ist's aus mit Spazierfahrten! Luigi fährt für eine Weile nach Italien, man munkelt, seine Mutter liege im Sterben. Jemand muss die Backstube übernehmen und übrigens ist es höchste Zeit, dass du auch das lernst. Für Liebeleien oder Amusements hast du Montags Zeit und wenn du deinen Mann stehst, so hast du auch die Nachmittage frei, wo ich dich dann ablösen werde - natürlich nur, wenn ich nicht anderswo beschäftigt bin. Sonst kriegst du nur: *Pane e Cipolla*!" - Brot und Zwiebeln.

Lucino blieb nicht nur einen Monat oder zwei an dem Ofen, sondern den ganzen Herbst über. Die kleine Diana wurde unter ein graues Verdeck gesteckt, das ihr nur noch selten abgenommen wurde. Im Übrigen schien die ganze Familie beschäftigt zu sein. Miguela mit ihrer Handelsschule und der kleine Bruder, Tonino, der als Erstklässler die Schule erst begonnen hatte, auf der Suche nach neuen Spielkameraden - am Unterricht lagen ihm die Gedanken wohl kaum.

Ende November bekam der junge Lehrling ein Geschenk, das er sich schon lange gewünscht hatte -

und zwar, ein nagelneues japanisches Motorrad, 4 Zylinder und die dazu nötige Ausrüstung. Der alte Passielo bremste jedoch seine Begeisterung schnell mit den Worten:

„Wenn dir eine Fremde ein Auto schenken kann, dann will ich ihr, als Vater mit nichts unterlegen bleiben! Du hast das tollste Motorrad in der Umgebung und du sollst es gesund behalten! Du verdienst es, denn du hast gewissenhafte Arbeit geleistet und über nichts geklagt. Gut siehst du ja aus, und die Mädchen werden dir von jetzt an noch mehr hinterherlaufen. Übrigens, hast du noch was von dem seltsamen Mädchen gehört? Wie war ihr Name, *per bacco ?* "

„Clou...papa, Clou!"

„Ja, so was ähnliches, was ist aus ihr geworden?"

„Ich weiß es nicht! Das Erste und letzte Mal, als ich sie sah, sagte sie mir, sie möchte in den Ferien verreisen! Jetzt wird sie wohl wieder das Studium begonnen haben, so wie die anderen Studenten auch".

„Ah! Die Schule...die Schule! Wer braucht sie heutzutage, wo schon so viele Akademiker auf der Straße herumlungern! Da genügen meistens nur 8 Grundschuljahre, wenn man ein *„cittadino onorario",* werden will!"

Der Junge verbrachte die nächsten Tage auf seinem heißen Ofen, den er auf den Straßen der Vorstadt und der Nachbardörfer ausprobierte. Er besaß ein beeindruckendes Stück, das den Vater einen Haufen

Geld gekostet haben musste. Auch der Winter kam verspätet und mild wie immer, mit Schneeflocken, die erst zu Weihnachten zu sehen waren - wenn die Familie Passielo sich ehrenvoll mal den Feiertagen widmete und den Laden für zwei Wochen dichtmachte. Gleich, am Vorweihnachtstag, als alle Mitglieder gerade mit Bekannten bei Tisch saßen, wurde Lucino, mit der Bemerkung *„Una Ragazza"* ans Telefon gerufen.

„Hallo!" , rief er in den Hörer, sichtlich bemüht seine Stimme, die von der Grippe der letzten Tage noch heiser war, etwas weicher klingen zu lassen.
„Hallo...?", wiederholte er, nachdem ihm niemand geantwortet hatte. Nach einigem Zögern, sprach eine ihm irgendwie bekannte Stimme, deren Verlegenheit nicht zu überhören war:
„Hallo! Spreche ich mit dem jungen Lucino, dem Sohn der Familie Passielo?"
*„Si, signorina,* mit wem habe ich das Vergnügen? Bist du's Clou?"
„Wie hast du's erraten, du Spitznase?"
„Deine Stimme ist ja dieselbe geblieben, selbst nach so langer Zeit!"
„Ach, ja?! Sag mal, hat dir die kleine Ente gefallen, die ich dir schickte?"
„Was diese Geste von dir betrifft, da weiß ich gar nicht, was ich dazu sagen soll. Eine Uhr, eine Krawatte, das wäre nicht ungewöhnlich gewesen, aber ein Auto? Das hat mir von Anfang an die Sprache verschlagen. Ich möchte dir dafür natürlich

20

danken und, ach, ja...bevor ich es nicht vergesse, Schöne Weihnachten noch!"

„Danke gleichfalls, Luc! Ich sah dich gestern auf deiner Yamaha, durch die Stadt rasen und dachte so daran, dich mal anzurufen und dir ein frohes Weihnachtsfest zu wünschen! Ich hoffe, ich habe dich nicht gestört!"

„Keinesfalls! Wie waren die Ferien?"

„Ach, schrecklich Luc! Einfach schrecklich! Ich bin froh, wieder zu Hause zu sein, verstehst du? Womit hast du den ganzen Herbst über die Zeit totgeschlagen?"

„Ich habe gearbeitet!"

„Ach, wie langweilig! Was hast du zu Neujahr vor, wenn dich meine krankhafte Neugier nicht stört?"

„Aaaa! Ich habe da eine herrliche Adresse bei Garmisch, da wollte ich meinen Skikurs fortsetzen! Da waren wir letztens schon mal und es war super!"

„Sagtest du, wir? Du warst also nicht allein?"

„Sicher, meine Schwester Miguela hat mich begleitet. Sie ist immer dabei, wenn ich in die Berge fahre!"

„Wie heißt das Hotel? Vielleicht kenne ich es auch!"

„Rosenthal."

„Liegt es nicht in der Nähe von Mittenwald?"

„Genau! Gleich daneben! Warst du schon mal da?"

„Ja und nein. Mein Vater kaufte einen kleinen Schuppen in der Gegend, in Krün. Ich war im Winter oft dort, und ich denke daran im Januar, solange noch Schnee liegt, wieder hinzufahren!"

„Leider kann ich nicht solange bleiben, ich habe die Zimmer nur für 5 Tage reserviert, beginnend mit dem achtundzwanzigsten!"

„Hör mal! Es ist das erste Mal, dass unsere Clique nichts konkretes für den Silvesterabend geplant hat. Was hältst du davon, den Schuppen meines Alten zu übernehmen!? Vergiss Rosenthal und mach bei uns mit. Mein Vater hat gewiss nichts dagegen, wenn ich ihm schon morgen die Schlüssel verlange. Nach dem Fiasko dieses Sommers ist das die rettende und glücklichste Idee, denn diese Gegend ist ein wahrer Traum und Platz zum Austoben gibt's genug. Na, was sagst du, einverstanden?"

„Weiß ich noch nicht, da muss ich noch meine Schwester fragen und hören was sie auch dazu meint!"

„Sei kein Spielverderber! Ich wäre dir sehr nachtragend, wenn du uns nicht begleiten solltest!"

„Mir nachtragend? Hmm, dann hast du möglichst schon halb gewonnen."

„Toll! Ich werde alles arrangieren!"

„Moment mal! Ist mein Kommen auch ein persönlicher Wunsch? Nicht nur aus deinem typischen Pflichtgefühl mir gegenüber?"

„Sei nicht so fies!"

Mit diesen Worten legte sie ein bisschen mürrisch auf, ohne eine wirkliche Antwort auf seine Anspielungen zu finden. Lucino tat mit einem kleinen Lächeln, das gleiche, und in seinen Augen war ein Funkeln zu sehen, - vielleicht ein winziger

Hoffnungsschimmer. Der kleine Bruder, der ihn vorher ans Telefon gerufen hatte, steckte seinen Kopf durch den Vorhang an der Tür, wo er bis dahin gelauscht hatte, und fragte bettelnd:

„Nimmst du mich auch mit, Lucino?"

„Ab in die Küche mit dir! Sind die Kartoffeln endlich geschält?"

*

Die Autobahn Ulm-München-Salzburg ist nur eine getreue Nachbildung der meisten deutschen Autobahnen, eine vermeintlich großzügige Fahrpiste entlang der dicht bevölkerten Ebene, etwa monoton, diszipliniert angepasst an die eintönige, farblose Landschaft, die meistens keine nennenswerte Attraktionen bietet. Die kalte Funktionalität des Asphalts ist trotz der engen Verbundenheit mit dem Verkehr, genau so anonym, wie die tausenden von Nummernschildern, die wie vom Wind verweht vorbeifliegen, so als ob man ein unendliches Telefonbuch durchblättern würde - ohne Ende, ohne Pause.

Die Platinblonde mit getönter Sonnenbrille, die mit einem breiten Schmunzeln auf ihre rot angemalten Lippen einen stolzen britischen Wagen entlang der Straße lenkte, hatte einen Grund zur Genugtuung, - niemand konnte ihrem wilden Tempo widerstehen.

Etwa 200 m. hinter ihr, hatte der blaumetallic Porsche die Herausforderung aufgegeben und war taktvoll auf das zweite Band gewichen. Die junge Dame am Steuer verlangsamte nach einigen Minuten ihre Wahnsinnsfahrt und ließ den anderen an ihr vorbeifahren. Dabei machte sie dem Fahrer Zeichen, er solle bei der Esso-Tankstelle einfahren, die rechts zu sehen war. Nachdem der bärtige Mann seinen Wagen hinter dem Jaguar geparkt hatte, stieg er aus, gleichgültig mit der Schulter zuckend. Die Blondine schritt ihm mit einem triumphierenden Ausruf entgegen.

„Hallo Max! Ich habe die Wette gewonnen, na, da kommst du aber ins Staunen!"
„Ach was, ich habe dir nur die Initiative überlassen, meine Liebe! Ich bin eben ein guterzogener Gegenspieler, vor allem!"
Das Mädchen sah ihn skeptisch an:
„Schwer zu glauben, so wie ich dich kenne. Aber vergessen wir diese ungelungene Wette und gehen lieber etwas trinken, in das Café dort!"
„Glaubst du, dass unsere Schnecke heute noch ankommt, *Chéri*?"
„Wer, Luc? Ich wette, dass er hier ist, bevor der Kaffee kalt wird! Fülle auch meinen Tank auf, Max, ich sehe Ray ist auch heute wie gewöhnlich in mieser Stimmung."
„Du solltest ihm klarmachen, dass ich nicht sein Babysitter bin! Es ist das letzte Mal, dass ihm mein Wohlwollen zugute kommt. Leider weiß der

Schurke, dass ich dir keine Bitte abschlagen kann, besonders, wenn du dieses verschmitzte Lächeln aufsetzt, mit dem du die ganze Welt verführen möchtest!" Die junge Blondine machte sich in dem Spiegel des Autos zurecht - ziemlich eilig, bürstete ihr Haar und legte ein Seidentuch um ihre etwas unbedeckten Schultern.

„Bist nett Max, aber schlau wie ein Fuchs! Du sollst ja nicht glauben ich sei so dumm und so naiv all deinen Eigenlob runterzuschlucken! Ich bin keine deiner leichtgläubigen Pariser Damen, *mon Dieu....!* Bin ich froh nicht soweit nach unten gerutscht zu sein."

„Schade, meine Liebe! Aus deiner Sicht hätte dieser Lümmel in diesem Fall was von dir zu lernen gehabt! Hee...Raimund, pennst du etwa? Hand aufs Herz, der schlummert ja wie an einem Evabusen!"

„Lass' ihn nur Max. Ich habe keine Lust mir seine faden Bemerkungen am Tisch anzuhören!"

„Das kapiere ich nicht, einfach nicht!", fragte sich Max ratlos. „Warum schleppst du ihn hinterher, wenn du ihn nicht leiden kannst?"

„Meine Sache, du Ekel!"

Sie entfernte sich mit einem leichten Hüftenwippen und warf die Schlüssel dem Bärtigen zu, der sie mit einer Bewegung auffing, die ihm fast eine Verrenkung gekostet hätte. Er zuckte wieder mit den Schultern und bezahlte die Rechnungen bei dem Kassierer, der ihm mit einem Blick aus den

Augenwinkeln folgte. Aus dem Auto stiegen noch zwei Mädchen - eine hochgewachsene Dunkelhaarige mit Mandelaugen und eine kleine Blondine, die der mutigen Fahrerin von vorhin irgendwie ähnlich sah. Beide gingen der Spur der ersten nach und verschwanden hinter der halbgeöffneten Glaswandtür, auf welcher mit großen roten Buchstaben stand: EISCAFE.

In dem rechts von der Tankstelle abgestellten Jaguar schliefen ganz tief und ungestört zwei Männer in gestreiften Parkas. Max, der die drei Mädchen an einem Tisch neben dem Eingang Platz nehmen sah, zog ein Päckchen Camel aus dem Automaten und saß sich mit einem Grunzen zu ihnen:

„Ich wüsste gerne, Clou, wo du diesen italienischen Novizen mit dem Alain-Delon-Gesicht aufgetrieben hast. Diese dunklen Typen haben dich doch vorher gar nicht interessiert!"

„Frag' doch mich, ich weiß es!", gab eine der Mithörerinnen mit gekünstelter Stimme an, und ließ ihre Augen dabei wichtigtuerisch rollen. Soll ich's ihm verraten Clou?"

„Halt's Maul, Iris! Doch, was hast du gegen ihn, Max? Du, mein Menschenliebeshaber!"

„Nichts....nichts, meine Liebe! Es ist nur so, dass mir irgendetwas in seinem Blick auf die Leber geht. Der scheint mir viel zu ernst für sein Alter, ein hoffungsloser Fall."

Clothilde holte den Spiegel aus ihrer Handtasche und malte ihre roten Lippen nach, die durch den heißen Kaffee, der inzwischen serviert worden war, etwas von ihrer Farbe verloren hatten.

„Der hat doch auch Gründe so zu sein, mein Herzensbrecher. Er hat den ganzen Sommer hindurch in der Pizzeria seines Vaters geschuftet und dann hat er gewiss wenige Freunde um sich, die ihn aufheitern könnten. Er ist ein Schwerarbeiter, was ich von dir nicht behaupten kann, du Faulpelz!"

„Der interessiert dich also, das heißt, diesmal hat's richtig gefunkt! Wirklich, ist das nicht komisch? Clou hat endlich ihren wahren Meister gefunden! Gute Fahrt dann! Ich würde sogar tausend Piepen hinblättern nur um das noch zu erleben!"

„Quatsch! Du hast wie immer eine reiche Phantasie aber dir fehlt völlig der Weitblick eines echten Propheten, aber Moment mal, ist nicht er es, der die Ente hinter meinem Wagen abstellt?"

„Ein schöner Vergleich, keine Widerrede! Du hast Recht. Liebe hält wach, jetzt ist's mir klar!"

„Max, du bringst mich auf die Palme!", wandte sich die blonde Dame gereizt, mit blitzenden Augen an ihn. Der bärtige Mann legte beide Hände auf den Tisch uns sagte:

„Ich gebe auf! Von mir wirst du keinen Laut mehr hören, ich sage gar nichts mehr! Ha, ha... aber mir scheint's, als habe er ein Häschen mitgebracht, eine Anhalterin, nehme ich an! Meine Liebe, da gibt's Konkurrenz für dich. Bestimmt nicht amüsant, sowas zu erfahren! Jetzt musst du dich anstrengen, gewaltig anstrengen, Ha...haa.....!"

„Max!"

„Schon gut, ich halt die Klappe!"

Es war tatsächlich Lucino. Er bemerkte die vier Jugendlichen hinter der Kristallglasscheibe und sofort auch das Mädchen, nach dem er suchte. Er winkte mit der Hand und sprach etwas zu dem kreolen Fräulein, das ziemlich verlegen, ängstlich um sich blickte. Clou winkte zurück indem sie ihm gleichzeitig andeutete zu ihr an den Tisch zu kommen. Lucino jedoch machte ihr mit stürmischer Gestik klar, dass er zuerst auftanken musste, schickte ihr seine Begleiterin als Ersatz, - „Miguela.....!", stellte sie sich vor - „Miguela Passielo!" Der Bärtige erhob sich und verbeugte sich mit einem Kompromiss.

„Ich bin der Gefesselte Ihrer Schönheit, Fräulein!", murmelte er steif auf seinen Beinen stehend.

„Beachte ihn nicht! Max ist ein strebender Exzentriker. Ich bin Clou, das ist Iris, und dieses scheue Wesen da, heißt Agnes und ist der Schützling dieses Henkers!", sagte Clothilde, die Leute vorstellend. „Miguela ist Lucinos Schwester!" Max schlug sich verwundert mit der Hand die Stirn:

„*Si, signora!*", antwortete das Mädchen mit perlschwarzen Augen und saß sich *timide* auf einen Stuhl.

„Nenn mich einfach Clou!". Max nahm, ebenfalls Platz, nachdem er eilig und jovial die zitternden

28

Finger der Italienerin geküsst hatte. Er guckte raus und sagte:

„Sie haben viel Ähnlichkeit mit ihrem Bruder, Miguela. Nicht wahr, Iris?", verglich er und kehrte sein Gesicht fragend, in deren Richtung.

„Ach, ja! Has't recht!", stotterte sie, obwohl sie die neue, nur oberflächlich betrachtet hatte.

„Wie ich eben sagte, Sie sind ihm wie aus dem Gesicht geschnitten!"

„*Grazie*...!", entgegnete Miguela leise und bemühte sich mit den Mundwinkeln zu lächeln. Inzwischen hatte der größere Bruder die Quittung bezahlt und bahnte sich nun einen Weg durch die Menge der eilenden Passanten bis zur intimen Ecke des Cafes hin.

Man reichte sich weniger gelaunt als vorhin die Hand, aber respektvoll und gewissermaßen familiär.

„Pünktlich, wie versprochen!", erwiderte Lucino prahlend und bestellte danach einen Espresso und ein Glas Mineralwasser.

„Bist du viel unterwegs?" , fragte der blonde Max und bot ihm eine Zigarette an.

„Sehr selten!", Er nahm dankend die Zigarette an und akzeptierte das Feuer, das ihm eine Kellnerin mit einem graziösen Blick reichte.

„Grazie, mille grazie!", murmelte er konfus.„Wie lange ist's noch bis Garmisch-Partenkirchen?"

„Oh, nicht mehr lange, in einer halben Stunde sind wir vielleicht dort. Du wirst leider eine ganze brauchen, Luc!"

„Ist wahr, doch das bereitet mir kein Kopfzerbrechen! Miguela findet es schöner, wenn sie dabei die Landschaft bewundern kann. Sie ist immer begeistert, wenn wir mal rausfahren! Aus einem Sportschlitten ist wohl kaum was davon zu sehen."

„Ja, da hast recht! In der Weise bist du bevorteiligt. Doch, sag mal, stimmt es, dass du dich in einem Laden abrackerst, in einer Pizzeria oder des gleichen?"

Lucino errötete ein wenig. Unter dem Tisch schien ein Fuß plötzlich nervös zu wirken.

„Ja, das stimmt!", antwortete er kurz, während er zugleich die Rechnung bezahlte.

„Langweilig, furchtbar langweilig!", seufzte der Bärtige und drückte, die nur halb gerauchte Zigarette in den Aschenbecher. Clou erhob sich und entschuldigte sich mit ein paar Worten. Sie verließ den Raum durch die Hintertür und trat, nachdem die anderen bereits im Begriff waren zu gehen, wieder ein. Bevor Max den Ausgang erreichen konnte, zog sie ihn beiseite und fauchte ihm ins Ohr: „Du hast versprochen dich fair zu benehmen. Ich erkenne dich kaum wieder. Tu's für mich, Max, bitte!"

„Du hast also was für diesen Nichtsnutz übrig?". Das Mädchen blieb schweigend und ging hinaus, wo sie dem Jungen den weiteren Fahrweg erklärte. Als Lucino am Jaguar vorbeischritt, war es ihm als ob er ein ihm bekanntes Gesicht gesehen hatte - er blieb einen Moment stehen, wie angewurzelt, ging dann mit langsamen Schritten nachdenklich auf seine Ente zu, wo Miguela ihm bereits die Tür offenhielt. Er steckte sich erneut eine Zigarette an, um sie aber gleich darauf in dem spartanischen Ascher seines Fahrzeuges wieder auszudrücken. Er fuhr vorsichtig und schlängelte sich durch die an den Tanksäulen stehenden Autos, indem er unbeachtet auf die untere Lippe biss.

Miguela sah es angebracht einzuwenden:

„Diese Freunde von dir sind ziemlich eigenartig, findest du nicht auch?"

„*Si....si...*", gab er kurz zu.


In der Nähe von Garmisch bemerkte er die zwei Fahrzeuge auf einem seitlichen Parkplatz stehen und erfuhr auch gleich warum.

„Wir werden weiter im Schritttempo fahren, Lucino!" , klärte ihn Clou auf.

„Halt dich fest an uns! Die Hütte, von der ich dir erzählte, befindet sich an einem wenig bewanderten und einsamen Ort! Vor allem Vorsicht beim Fahren, die Straße ist schon mit einer dünnen Eisschicht bedeckt. Okay?"


Die Villa machte einen wohlhabenden Eindruck, obwohl Clou sie als ziemlich bescheiden beschrieben hatte. Sie, erinnerte wieder indem sie, die massive Eingangstür öffnete: „Einen Hausmeister gibt's vorläufig nicht, deshalb müssen wir Ordnung in den Räumen schaffen, bevor wir uns hier einnisten. Da habt ihr wohl nichts einzuwenden, meine Lieben?"

„Mach' dir keine Gedanken darüber!", beruhigte sie Iris und die anderen stimmten ihr zu - auch Miguela. Im Hause war es hell. Die Gardinen waren nicht vorgezogen, da es draußen noch Tag war. Auf den ersten Blick sah es so aus, als hätte schon jemand kurz vorher Ordnung gemacht. Das zentral gelegene Wohnzimmer war sehr geräumig, sparsam mit Möbeln, aber ganz praktisch und nach gutem Geschmack eingerichtet.

Das Haus hatte einen Kamin, drei Zimmer im Erdgeschoss und weitere drei im ersten Stock, dann eine weite Terrasse hinter dem Haus und einen Wintergarten.

In einer Wohnzimmerecke stand eine frisch gefällte Tanne, die nach Harz roch und mit unzähligen Glühbirnen, und leuchtenden Kugeln  geschmückt war.


„Mein Alter ist ein spitze Kerl!", sagte die Gastgeberin plötzlich und zog ihren schweren Mantel aus, den sie weit in eine Ecke warf.

„Clou, du sagtest was von Aufräumen oder des gleichen!", meinte Sebastian verwundert und begrüßte mit einem Kopfnicken Luc, den er sofort erkannt hatte.

„Ja, sicher, aber der Alte hat alles arrangiert, wie du siehst!"

„Nur das Feuer brennt noch nicht, sonst ist alles okay.", gab auch die zurückhaltende Agnes zu erkennen und klatschte dazu Beifall wie ein kleines Schulmädchen.

„Sieh mal, Clou! Auf dem Tisch liegt ein Zettel, ein Brief. Der kann von deinem Vater sein!"
Die eilte herbei und las mit lauter Stimme, damit alle hören konnten:

Meine liebe Clothilde,
Weil ich es nicht akzeptieren konnte, dir die Villa ohne nötigen Komfort zu überlassen, hat Hans sich erboten alles in Ordnung zu bringen und euch eine möglichst entsprechende Atmosphäre zu schaffen. Für Provision und den Rest ist auch gesorgt worden. Die Getränke sind allerdings im Keller.
Mama und Papa

„Wirklich köstlich, meine Herrschaften!", gab Ray zu mit einem Sarkasmus, der ihm eigen war.
„Ja, Spitze meine Liebe! Dein Alter hat uns so einen Weg in die Stadt erspart! Da bin ich nur noch gespannt, was er als Getränke bezeichnet! Wo ist dieser Keller, Clou?"
„Irgendwo rechts von dir, Max!" Der Bärtige kam mit zwei Whiskeyflaschen zurück, einer Flasche Flasche Cognac und zwei mit Mineralwasser.
„Alle Achtung! Dein Alter hat Mupps! Meine Lieben Girls, Gläser und Eis, gestattet?". Iris und Agnes waren schon bereit und Max goss die Gläser halb voll. Er sprach danach kurz, zu den Anwesenden:
„Zu Ehren deines Oldies, und auf ein glückliches Neujahr!" Jeder nahm ein Glas in die Hand und sagte etwas ähnliches. Clou, die wegen des starken

Cognacs ihr Gesicht verzerrte, erklärte laut und aufgeregt:

„Heute gibt's eine Party! Sollte mir jemand nicht zustimmen, so fliegt er raus bevor er's merkt, hinaus in die Kälte des Winters!"

Die Herrschaften grölten mit Beifall. Sebastian, der aus dem Wohnzimmer verschwunden war, kam mit einer frenetischen Miene zurück:

„Seht mal, was ich gefunden habe!"

Es ließ sich auf ein dreiteiliges Etwas von Chrom und Stahl resümieren - eine Stereoanlage, wie es sich herausstellte.

„Die Boxen sind noch oben. Wer möchte sie runterholen?"

Luc und eines der Mädchen stürzten die Treppen rauf und entdeckten sie auf den Regalen eines pompösen Bücherschrankes.

„Man glaubt sich in einem Staatsarchiv zu befinden, was meinst du Agnes?"

„Was für eine Idee! Natürlich nicht!"

„Womit ist Clou's Vater beschäftigt?"

„Womit? Mit nichts, Politik, wie es auch heißt! Sag mal...! Hast du noch nichts von ihm gehört?"

„Nein, hätt' ich's müssen?"

„Eigentlich ja, wo du doch hier bei uns lebst. Er ist die versteckte Hand von Späth, wie man heimlich munkelt!"

„Landesminister? In...Baden-Württemberg?"

„Genau. Und seine Fühler streckt er überallhin raus, manche meinen die reichen sogar bis zum Kanzler. Ich glaube du bist der Letzte, der's in Deutschland noch nicht wusste, mein Süßer! Echt peinlich...."

„Um ehrlich zu sein, Politik interessiert mich am wenigsten! Diesen Kram sehe und höre ich mir äußerst selten an!"

„Bist nicht der Einzige! Nun weißt du es! Ihr Vater ist Vogt, Alfred Vogt! Er ist ein enger Vertrauter des CDU-Chefs. Leuchtet es jetzt bei dir auf? Der Kanzler, den kennst du wohl, von dem musst du gehört haben!"

„Siehst du, jetzt machst du dich über mich lustig, sicher kenne ich den."

„Gut, dann bist du ja aufgeklärt."

„Und Max? Ist er auch der Sohn einer Politikbonze?"

„Seine Familie lebt in Amerika. Ich vermute es sind Millionäre oder sowas. Max studiert Medizin in Heidelberg, und nebenbei Germanistik!"

„Und die anderen?"

„Raimund ist der Erbe des Veva&co Konzerns. Sein Alter ist der Firmeninhaber, Sebastian ist der Neffe eines berühmten Stern-Journalisten, Iris die Tochter des Bürgermeisters Conrad Düsseldorfer und ich bin das Produkt einer nicht minderwertigeren Adelsfamilie, HIGH-Society, wie Max sie nennt seit er aus Amerika zurück gekommen ist!"

„Danke, Agnes!", sagte Luc ein wenig beeindruckt von all dem Gerede. „Kümmere dich nicht so sehr um unsere Namen. Sie sind genau soviel Wert, wie die anderen auch, Namen nur...., und ich versichere dir, dass wir mit nichts über unseren stinknormalen Kumpeln stehen! Geld ist nicht alles auf dieser Welt."

„Sagte der Arme ohne eine andere Alternative zu haben um das Elend in dem er aufging zu entschuldigen!" Der Sohn des Patrone, seufzte dabei, in einer nostalgischen Stimmung.

„Ach, du bist genauso albern wie die anderen! Komm jetzt runter, die werden sich schon Gedanken über uns machen!". Lucino nahm die eine Box in die Arme und schlich Agnes nach wie ein Verbrecher, der ohne Erlaubnis, schreckliche Geheimnisse erfahren hatte. Im Wohnzimmer hatte jemand einige Sektflaschen geöffnet und goss in einer vom Alkohol mitbedingter wilden Begeisterung die Gläser voll. Sebastian empfing die beiden ziemlich gereizt:

„Ich dachte schon, ihr wärt ins Bett gegangen."

Luc errötete und Agnes nicht weniger. Dem Aufwiegler gelang es nach einigem Kopfzerbrechen die Apparatur anzuschließen:

„Eine Kassette...eine Kassette! Das ganze Königreich für eine Kassette!". Agnes warf eine rüber: „Pfui...B.J.H.., was besseres hast wohl nicht gefunden?", zischte er sie mit extremer Miene an: Das Mädchen zuckte unbeholfen mit den Achseln. Der Neffe des Journalisten legte die Kassette ein, und lauschte einige Augenblicke den melodiösen Tönen, die aus den Lautsprechern drangen. Das Hifi-

Symptom war zufriedenstellend, aber nicht der Sound. Er verschwand und kam mit etwa 10-15 Cassetten wieder, die er auf einen Stuhl stellte.

„Möchte jemand ausflippen?", rief er laut, die Stimmen der anderen übertönend.

„Ja, du Aufreißer, wir möchten etwas Fetziges, zum Teufel!", reagierte Agnes auf einmal fröhlich und unternehmungslustig, was ihr eigentlich sehr gut stand.

„Wie wär's mit INXS, new sensation!"

„Mmm...", entgegnete Clou angemacht. - „Ein süßes Schnäppchen, echt!"

Im Wohnzimmer der Villa, erklangen Discorhythmen, die die Jungen spontan applaudierten. Max riss Clou mit sich in die Mitte der Tanzfläche und begann mit ihr engumschlungen theatralisch nach aparten Klängen zu tanzen.

Sebastian überredete Miguela zum Tanz und Luc fand sich in Gesellschaft der kleinen Agnes wieder. Iris tänzelte für sich allein und Ray fand nichts besseres zu tun, als den restlichen Inhalt einer Scotchflasche in sich hinein zu schütten. Als das Lied zu Ende war, fielen sie wie nasse Lappen, jeder irgendwohin und verlangten nach Sekt. Sebastian spielte den Kellner und war als Erster betrunken.

Draußen war es inzwischen Abend geworden; jemand hatte die Lichter angemacht, um wieder klar durchblicken zu können. Neue Klänge, gedämpfter als vorhin erfüllten den Raum: Simon and Garfunkel.

Luc schien Clous Körper zerbrechlich zu sein, weich wie ein Daunenkissen. Ein inneres Verlangen veranlasste ihn sie an sich zu pressen. Eine schweigende und fast unbemerkte Bewegung ihrerseits gab ihm zu verstehen, dass sie seinen kontaminierten Wünschen nicht Folge leisten wollte. Auch Ray erhob sich endlich von seinem Stuhl, wo er bis dahin Refugium gefunden hatte. Luc sah wie er seine Schwester mit schlecht gespielter Rolle um die Taille schlang und ihr was zuflüsterte. Als die laute Musik verklungen war, ließ sich Clou auf die Couch fallen, die an der Wand neben dem Kamin stand und seufzte erschöpft:

„Ich hab Hunger!"

Max und Luc boten sich an nach warmem Essen in einem Restaurant in der Stadt zu suchen. Clou betrachtete die Tanzenden gleichgültig und gelassen. Jetzt war Ray, der schon einen drauf hatte, leichenblass und ein aufgeregtes Zittern schüttelte seinen Körper hin und wieder. Lucinos Schwester folgte ihm leicht verschüchtert, ebenfalls ein bisschen benommen von dem starken französischen Sekt. Clou, die am Ende war, schloss für einen Moment die Augen und sogleich umfing sie eine dusselige Schlappheit. Als die beiden Jungen zurückkamen, fanden sie im Wohnzimmer nur die versteifte Gestalt der Gastgeberin und die von Agnes vor, die, wegen des Aufflammen des Kaminfeuers, das ihr den Rücken anglühte, ab und zu mal zusammenzuckte.

„Wo sind die anderen?", fragte Max und gestikulierte barsch. Clou hob unwissend die Schultern und ließ ihre Augenlider wieder fallen.

„Ein Kaffee würde denen gut tun!", meinte der Student und ging gleich zur Küche hin.

„Soll ich dir helfen?", rief ihm Lucino nach und schritt in dieselbe Richtung.

„Nein, danke! Schau lieber mal nach den anderen!". Der sprang mit einigen Sätzen die Treppe hoch, um sich von der Kälte, die noch in seinen Gliedern saß, zu erwärmen. Mit der Aufregung eines Schauspielers, der gute Nachricht bringt, öffnete er jede Zimmertür, wie bei einer Inspektion. Als er vermeintliches Geflüster hörte, guckte er unsicher noch, durch die halb offen stehenden Tür der Bibliothek. Niemand war zu sehen, doch auf dem mittleren Sofa regte sich etwas wie zwei im Dunkeln versunkene Körper, die sich umarmten. Zuerst wollte er auf sie zugehen, doch dann trat er brüsk zurück. Der Sex-Akt, der vor seinen Augen fast geräuschlos heimlich geschah, verwirrte ihn. Mit bösen Vorahnungen, ging er weiter, zur nächsten Tür. In diesem Zimmer sah es so aus, als ob da ein Kampf stattgefunden hätte; da lagen überall Kleider und Körperwäsche verstreut. Es war ein Schlafzimmer. Die Übergardinen aus Samt waren heftig zusammengezogen worden - das bewies ein losgerissener Teil des schweren Vorhanges und die dabei lose hängenden Ringe. Lucino bemerkte ein Mädchenslip am Boden, der ihm sehr bekannt vorkam. Als er sich dem Bett näherte, hörte er ein dumpfes Stöhnen und Wortfetzen, die weit bis an sein Ohr drangen.

*„No, no, Prego...prego...no!"*. Er erkannte gleich die Stimme seiner Schwester und sprang ihr mit einer Geste zur Hilfe. Über ihrem nackten Körper, der sich unter der Decke versteckte, sah er Rays starke Schulter, die durch den unbewusst ausgestrahlten Reiz des Mädchens krampfhaft zuckte. Er rannte danach wie verrückt die Treppen runter und konnte sich nur mit Mühe beherrschen, sich nicht zu übergeben. Er goss in einem Atemzug ein Glas Wasser in sich hinein und blieb für einen Augenblick wie versteinert stehen. Max steckte seinen Kopf aus der Küchentür, als er ihn hörte und fragte neugierig:

„Na, was ist los da oben? Hast du sie geweckt?"

Als der Junge nicht antwortete, ahnte Max, dass irgendwas geschehen war. Er trat ins Wohnzimmer und sah ihn prüfend an:

„Was ist los? Du bist ja bleich wie eine Wachspuppe!"

„Nichts, nichts..., die anderen kommen später nach."

„Hoffen wir's, aber lass die Finger von den scharfen Sachen, die scheinen dir vielleicht nicht zu bekommen! Alles zu seiner Zeit, mein Lieber!"

Lucino näherte sich der Musikanlage, und um seine Gedanken abzulenken  legte eine beliebige Kassette ein. Clou, die den neuen Sound, der aus den am Kamin lehnenden Boxen drang hörte, hob verschlafen ihre Augenlider und räusperte sich:

„Schon zurück, Luc?"

„Ja, seit einer Viertelstunde!"

„Was gefunden zum Beißen?"

„*Si*, Pizza, Hamburger und Pommes Frites!"

„Ketchup habt ihr auch nicht vergessen, oder? Im Hause gibt's nämlich keinen Tropfen davon."

„Daran habe ich ganz besonders gedacht, Clou!", flüsterte ihr Lucino zu:

„Ist was geschehen? Du siehst bisschen sauer aus!"

„*No, no!*", beruhigte er sie.

„Dann freue ich mich!", schnurrte sie und streckte sich faul wie eine Katze.

„Luc, wenn es dir nichts ausmacht, dann bring mir was zu essen!" Dieser entfernte sich ohne ein Wort zu sagen und kam mit einem in Papier eingerollten Stück Pizza zurück. Er legte es vor sie hin und wünschte ihr dabei einen guten Appetit. Das Mädchen hatte sich inzwischen wieder aufgerichtet und biss in das Stück Teig mit schwer zu beherrschender Lust:

„Mmm! Spitze!", grinste sie zufrieden.„Hast du nicht auch Hunger, Luc?"

„Nein, jetzt nicht! Vielleicht später!"

„Wie du meinst! Ich habe einen Mordhunger, entschuldige mich."

„Wer könnte dir böse sein, Clou?"

„Du sprichst wie Max, der mich anhimmelt, der Ärmste! Aber du bist nicht Max. Die bärtigen Jungs habe ich schon als Schulmädchen nicht gemocht!"

„Ist das dein Ernst? Magst du mich mehr als Max?"

„Sagen wir mal so, du bereitest mir weniger Kummer!"

„Danke für dein Kompliment. Du bist sehr offenherzig!"

Im gleichen Augenblick traten Sebastian und Iris mit folgenden Worten ins Zimmer:

„Ich habe einen Hunger wie ein Rudel Wölfe, meine Herrschaften."

„Ich auch..., ich auch!"

Max, der es aus der Küche alles gehört hatte, rief:

„Und wo bleibt der Kaffee? Ich dachte, ihr wäret noch nicht bei klaren Kopf, ihr verrotteten Schlafsäcke!". Die beiden schlichen sich an die Küchentür und man hörte wie sie sich über den blonden Max lustig machten, der ihrer Meinung nach, die „Tagesmutti" spielte.

Auch Ray stieg nun die Treppe herab, allein aber. Lucino sah ihn kurz und bissig an.

„Wo seid ihr denn alle, in Gottes Namen!?", fragte er, da im Wohnzimmer nur die beiden waren.

„Amen, mein Sohn!", antwortete eine Stimme hinter der Tür. „Hier in der Küche." Rays sportliche Gestalt bewegte sich mürrisch dahin. Luc und Clou waren wieder allein.

„*Grazie,* Liebster!", murmelte sie, nachdem sie wie ein Spatz auch die letzten Brösel aus dem fettigen Pergament aufgesammelt hatte.

„Jetzt würde ich gern etwas trinken. Sieh mal nach, ob noch etwas vom Sekt übriggeblieben ist!"

„Weißt du was? Du bist sehr verwöhnt, für dein Alter."

„Mehr als jeder andere, aber ich kann mir nicht helfen! So bin ich eben und alle Versuche, mich zu ändern, haben fehlgeschlagen!". Der Junge füllte ein leeres Glas und reichte es dem Mädchen, das es geschmeichelt annahm:

„*Mille grazie,* Luc! Ich werde deine Ergebenheit zu schätzen wissen, aber wohin verdrückst du dich denn? Ich hoffe, du lässt mich hier nicht mutterseelenallein."

„In Kürze bin ich wieder da! Ich verspreche es!"

Somit setzte Passielo dem Gespräch ein Ende und stieg mit schnellen Schritten hinauf, zu den Appartements im ersten Stockwerk. Er überraschte seine Schwester als die bekleidet von der Toilette zurückkehrte. Er packte sie brutal an der Schulter und versetzte ihr mit der anderen Hand eine schallende Ohrfeige vor Wut schäumend:

„*Potess esse ciecato!* Du verfluchte Hure!"

„*Pieta..pieta!*", rief sie ohne eine Träne zu vergießen.

„*Per Bacco!* Glaubst du ich habe dich deswegen mitgebracht, dass du mit diesem Dreckskerl das

Flittchen spielst? Begreifst du denn nicht, was du eben getan hast?"

„Dieser Raimund ist ein mieses Schwein. Er hat mich dazu gezwungen, sieh doch!" Sie stand nun aufrecht vor ihm und deutete auf eine bläuliche Schwellung über der linken Augenbraue und auf einige Flecken an den Armen:

„Nennst du mich jetzt noch ein Flittchen? Sag was, schweige nicht wie ein Grab!" Lucino griff sich mit beiden Händen an den Kopf und fluchte erbost vor sich hin:

„*Questo Bastardo...questo Bastardo!* Ich hätt's mir doch denken können, ich Idiot! Er wird dafür büßen, das verspreche ich dir Miguela, ich schwöre es, du wirst nur sehen!"

Das Mädchen legte ihren Kopf an seine Brust und weinte wie von allen Geistern verlassen:

„Warum hast du mich mit ihm alleine gelassen, Lucino? Warum nur...warum?"

„Komm, gehn wir runter! Komm, habe keine Angst!" Miguela schmiegte sich mit Schwermut an ihm:

„Was hast du vor? Ich habe Angst, Lucino, gehen wir lieber, fahren wir nach Hause! Bitte.....!"

„Ich fürchte mich nicht vor ihm! Und vom Sommer habe ich noch mit ihm eine Rechnung offen!"

Beide stiegen die Treppe herab. Zwei der Mädchen empfingen sie im Wohnzimmer, und einige Sekunden blieben sie still stehen, wie abwartend:

Da rief Agnes ganz aufgeregt:

„Kommt, kommt doch! Sebastian kennt einige Tricks, die euch umwerfen werden! Hei Sebastian, komm, mach uns das noch mal vor!"

„Einen Moment, nur! Ich möchte euch nur sagen, dass Miguela in meiner Abwesenheit gemein missbraucht worden ist! Eben hat sie mir alles erzählt. Zuerst habe ich ihr die Schuld gegeben, doch jetzt weiß ich, dass sie unbeteiligt an dieser miserablen Affäre gewesen ist!"

Es wurde heimlich still. Auf den Gesichtern der Anwesenden war Erstaunen und Entsetzten zu sehen. Max, der auch da war, fasste sich als Erster:

„Wie ist sowas möglich? Und wer ist dieser Mistkerl?"

„Der Schuldige wird es wohl wissen!" Ray durchbohrte ihn mit einem ironischen Lächeln:

„Ich weiß, dass du mich meinst, aber ich sage dir! Du täuscht dich gewaltig. Das war nicht meine Idee, sondern, wir haben es beide gewollt!"

„Lügner! ", widersprach das Mädchen, und ballte die Fäuste. „Du gemeiner Lügner, kein Wort ist wahr! Seht....hier..., ich sage die Wahrheit!", schrie fast Miguela, und zeigte ihre rotblauen Flecken. Max und Sebastian fixierten den Übeltäter mit fragendem Blick. Dieser wehrte sich aber, mit einer unbeherrschten Geste:

„Blödsinn! Ich hab' sie nicht mal angerührt! Ihre Flecken hat wahrscheinlich ihr Bruder selbst

verursacht!"". Lucino ging auf ihn zu: er konnte sich jetzt nur mit großer Mühe beherrschen, schien es:
„Du bist ein Lügner und ein dreckiges Übel, so wie ich es ahnte! Mal sehen, ob du noch genauso mutig bist, wenn dein Alkoholfusel vorbei ist, oder machst du dich nur an hilflose Opfer ran?"

Ray betrachtete ihn teilnahmslos, gleichgültig, als ginge ihn das alles gar nichts an; er blieb bei seiner Mimik, obwohl ihn der andere mit gehobenen Fäusten beschimpfte. Clou kam schnell dazwischen, stellte sich in den Weg und sah beide durchdringlich an:
„Hört doch auf, bitte!"". Doch zu spät. Ray wich aus, aber ein Schlag traf ihn ins Kinn. Diesmal aus seiner Ruhe gebracht, schlug er zurück und eine blinde Rauferei begann. Clou gab einen Angstschrei von sich, und Sebastian, der immer Initiative in solche Situation besaß, zog sie aus dem Durcheinander.
„Lass sie sich doch die Köpfe einschlagen, Clou!"", wandte Max ein. „Möglichst kühlt das ihre heißen Gemüter ab!"
„Du bist genauso unmöglich, Max!"", entgegnete sie und versuchte wieder sich zwischen die beiden zu schieben, und diesmal gelang es ihr auch Lucino fest zuhalten, während Sebastian dem anderen Gegner etwas ins Ohr flüsterte, worauf sich dieser sofort beruhigte.

„Komm, Miguela!", rief Lucino plötzlich und nahm sie bei der Hand: „In diesem Haus können wir nicht mehr bleiben nach all dem!"

Die junge Gastgeberin drehte sich ruckartig um und versperrte den beiden den Weg:

„Eine Minute, Luc! Dieser widerliche Kerl hat mit der Einladung, die ich dir vor paar Tagen machte, überhaupt nichts zu tun! Er ist ebenfalls nur ein Gast, wie alle anderen auch!"

„Nur das? Wenn's sein muss, schick ihn doch zum Teufel. Du sagtest doch, dass er dir überall nur Kopfweh bereitet! Ich verstehe nicht, warum du ihn immer noch an dich bindest! Hast du seine Übeltätereien noch nicht satt? Genügt jetzt der letzte? Nein....?!

Ich glaube es auch nicht. Auf der nächsten Party, die du geben wirst, wäre er sicherlich wieder dabei! Seine pervertierte Art sich zu benehmen, scheint dir irgendwie außerordentlich und interessant! Scheint dir zu imponieren. Macht aus dir eine Exzentrikerin von ganz besonderer Art, wie alle hier Anwesenden."

Nach diesen Worten wollte er die Tür öffnen, aber das Mädchen hielt die Türklinke  fest und hinderte ihn so daran das Haus zu verlassen. Die Übrigen machten sich aus dem Staub, um die peinlichen Szenen, in die sie ungewollt hineingeraten waren, weiter zu entgehen.

„Geht nicht! Bitte, geht nicht! Nicht so, bitte.. Es sind doch nur noch zwei Stunden bis Mitternacht!"

„Ach, Clou! Du verstehst ja gar nichts! Komm, Miguela."

„Du kannst so nicht gehen!", bat ihn Clou sichtlich gestresst und versuchte ihn weiterhin zurückzuhalten.„Sag deinem Alten bloß nichts. Mit Ray werde ich die Sache schon selber klären! Noch in dieser Nacht wird er das Haus verlassen, für immer! Ich schwör's dir, geht nicht!"

„Wir bleiben bei unserer Entscheidung, tut mir leid, Clou! Wenn du jetzt nicht den Weg freigibst so werde ich die Gewalt meiner Hände anwenden müssen! Lass uns endlich raus, verdammt noch mal!"

Erkennend, dass ihre Hartnäckigkeit erfolglos blieb, brach sie unverhofft in Tränen aus. Der Junge zögerte einige Sekunden, doch dann entschloss er sich und löste ihre Finger von der Klinke und machte sich den Weg frei.

„Happy New Year!", hörte sie noch aus der Nacht.

\*

Der Wagen, der über die Autobahn München-Ulm fuhr, war einer der wenigen, die in der Nacht des 31. Dezember zum 1. Januar zu sehen war und vor allem der einzige, der sichtlich langsam die Dunkelheit durchquerte. Seit mehr als anderthalb Stunden hatte keiner der beiden Insassen der Diana 6 CV auch nur ein Wort über die Lippen gebracht, um das bedrückende Schweigen zu brechen. Das leise Radio brachte die letzten Nachrichten des zu Ende gehenden Jahres und Lucino meditierte in sich versunken. Plötzlich hörte er Miguela sagen:

„Lucino, weißt du, dass bis zum Jahreswechsel nur noch zehn Minuten geblieben sind?"

„*Si*, Miguela."

„Soviel ich weiß, hast du 2 Flaschen Champagner im Kofferraum. Möchtest du nicht anhalten und sie öffnen?"

Der betrachtete sie zärtlich und tief und wisperte gerührt, indem er den Fuß vom Gaspedal langsam hob und der Wagen so sein Tempo, durch den frischen Pulverschnee auf dem Asphalt, deutlich verringerte.

„Oh Miguela! Vorrei baciare i tuoi capelli neri."

Er hielt irgendwo in der Nacht und holte eine Flasche aus dem Kofferraum, die er mit einem Knall entkorkte.

„Bring Gläser, Miguela, sonst ist alles weg von dem Zeug." Das Mädchen holte eiligst zwei Plastikbecher aus dem Auto und hielt sie unter die heraussprudelnde Champagnerfontäne.

„Morta la tristezza, eviva la gioia!"

Miguela lachte und küsste ihren Bruder leidenschaftlich auf beide Wagen, auf denen jede Spur des Zornes verschwunden waren.

„*Era multo duro!* Er ist sehr stark!", kicherte das Mädchen, dem die prickelnde Säure in die Nase stieg.

„Si, ma bella! Era multo duro, e un vino miraculoso!"

Er stellte das Radio etwas lauter, um sich die mit tiefer Stimme, überzeugend gehaltene Ansprache des Kanzlers anzuhören, in der anlässlich der Neujahrsfeier, viel versichert und versprochen wurde.

„Ob dieser wohl diese korrupte und gehirnlose Welt ändern kann?", fragte sich Lucino und gab ihr spontan einen Klaps auf den Po, wobei er sie fest umarmte:

„Ti amo, Lucino! Ti amo multo bene!"

„Ich habe vergessen die Gläser neu zu füllen. Sieh doch, die Flasche ist noch halb voll!" Er füllte auf und sagte mit ernstem Gesicht:

„Schließ deine Augen! Ich habe eine Überraschung für dich!"

Sie tat es sofort ohne zu zögern. Sie fühlte wie ihr Bruder ihr etwas um den Hals hing und wartete gespannt ab.

„Jetzt kannst du die Augen öffnen."

„*Che bella collana!*" , staunte sie überrascht und küsste ihn wieder auf die vom Frost geröteten Wangen. Plötzlich fuhr ein beleuchteter Lkw an ihnen vorbei und hupte dreimal mit der Stärke einer Schiffsirene. Im Inneren der Kabine sahen sie einen jungen Mann mit Schnurrbart, der mit gehobener Hand grüßte. Die beiden winkten im gleichen Sinne zurück und sprangen dabei in die Luft, wie zwei Pinguine. Miguela begann ganz leise zu zählen und Lucino zählte fröhlich lächelnd mit: „10..9..8....7..... bring mich nicht zum Lachen, unterbrach sie wegen seines Kitzelns, „......3...2...1...*Siiiii*....!"

„Wir sind im Jahre 1988, mein liebes Schwesterlein! Ich wünsche dir, dass all deine Träume in Erfüllung gehn, und viel...viel, Glück! *Sa Madonna vi acopagni sorella mia!*"

„*Grazie...grazie, Lucino!*" , antwortete sie fröhlich im Schnee tänzelnd und mit kleinen Schneeballen werfend.

„Und dir....dir, wünsche ich den ganzen Sonnenschein des Himmels und das ganze Universum, denn du bist mein Bruder und ich liebe dich wie nichts anderes auf der Welt!"

Der Junge umarmte und küsste sie herzhaft auf die Stirne, dann ließ er sie los und verbarg die ungewollten Tränen, die ihm bei dieser innigen Offenbarung seiner Schwester die Wangen herunterliefen. Man hörte Glockengeläut von fern, das die Radiomusik übertönte und überall waren Feuerwerke und Leuchtraketen zu sehen, die den Himmel erhellten.

Sie zogen sich beide von der Kälte vertrieben ins Autoinnere zurück und lauschten weiter den fernen Glocken, die allmählich verklangen. Lucino sagte auf einmal:

*„Fammi dormire, abbracciato un poco con te...!*
Lass mich ein wenig in deinen Armen schlummern!"

\*

Passielo erstattete Anzeige bei dem Justizamt der Stadt und eine erste Verhandlung wurde für den 30. Januar des laufenden Jahres vereinbart. Eine Vorladung erhilt der Angeklagte Raimund Olivier Veva und einige Zeugen, die dem Vorfall beigewohnt hatten. Alle präsentierten sich im Gerichtssaal, inklusive der Angeklagte und sein Verteidiger. Da das Opfer des Geschehens inzwischen volljährig geworden war, schien die Anklage nicht mehr so gespannt, war aber nach wie vor, gültig und genauso schwerwiegend. Im Gerichtssaal waren nur wenige Personen anwesend, die keine Vorladung hatten. Nach der Bekanntgebung der Fakten wurden die Zeugen aufgerufen. Max Cogan war der Erste und er erzählte kurz, was er von allem wusste. Danach folgten Fräulein Iris Stobbe, Sebastian Bohmer, Agnes Düsseldorfer, welche die Aussage des ersten Zeugen bestätigten, ohne wesentlich mehr hinzuzufügen.

Clothilde Vogt war die letzte, die aufgerufen wurde und auch sie konnte nicht viel mehr über den Vorfall berichten - sie hatte auf ihrer Couch im Parterre geschlafen und nichts Besonderes gehört. Das Verhör von Miguela wurde zum peinlichen Fall, nicht nur für sie, sondern auch für die restlichen Zuhörer im Saal. Sicherlich wurde die Vernehmung streng geheim gehalten und die Namen der Beteiligten nur durch Initialen genannt. Auch der Hauptzeuge, der Kläger wurde natürlich zur Aussage gerufen, der Sohn des Bella Roma Besitzers, Lucino Passielo. Der Anwalt begann:

„Sie sagten, Sie seien kurz vor Mitternacht zurückgekehrt...“

„Si, es war ungefähr 21.30, vielleicht auch etwas später, ich bin mir nicht mehr ganz sicher.“

„Nachdem Ihr Freund Max in die Küche gegangen war, haben Sie sich auf die Suche nach den anderen Partygästen gemacht, die sich, nach Fräulein Iris S. Aussage, wegen Müdigkeit zurückgezogen hatten.“

„Ja, so ist es.“

„Haben Sie sich nicht zuerst gefragt, warum Ihre Schwester nicht auch bei den Mädchen im Parterre war?“

„Warum sollte ich das? Meine Schwester konnte doch auf der Toilette, oder in der Bibliothek sein.“

„Haben Sie Ihre Schwester sofort gefunden?“

„Nicht sofort! Zuerst ging ich in die Bibliothek, wo ich hoffte sie zu finden.“

„War sie dort?“

„Nein.“

„War die Bibliothek also menschenleer?“

„Nicht ganz, Fräulein Iris und Sebastian waren dort.“

„Haben Sie sie nicht nach Ihrer Schwester gefragt?"

„Nein, denn sie schliefen und ich wollte sie nicht unnötig stören."

„Wo genau haben Sie dann Ihre Schwester gefunden?"

„Im gleichen Stock, im Schlafzimmer rechts, auf der Westseite des Hauses."

„Ihre Schwester sagte doch, das Zimmer war linksgelegen und nicht rechts."

„Ich bin absolut sicher, es war rechts! Miguela konnte sich irren, sie war in einem ziemlich verwirrten Zustand als ich sie fand, um die volle Wahrheit zu sagen, sie war sichtlich bestürzt und hatte einen Schock erlitten."

„Hatte Ihre Schwester getrunken?"

„Ja, aber nicht viel! Als ich sie sah, habe ich das geglaubt, aber es war nicht so! Sie war nur verzweifelt das ist alles, ja...."

„Ihre Schwester sagte, dass Sie sie damals geohrfeigt haben."

„Ja, das stimmt. Ich hatte sie verdächtigt bei diesem Spiel gewollt mitgemacht zu haben. Ich war doch verantwortlich für sie."

„Was hat Sie veranlasst das zu glauben?"

„Nichts! Absolut nichts! Aber ich wusste, sie hatte zuvor mit diesem Ray getanzt und als ich sie beide das erste Mal sah, schien alles normal zu laufen, wenigstens bis zu dem Augenblick, als ich das ganze Durcheinander im Zimmer entdeckte."

„Was haben Sie in diesem Moment gesehen?"

Lucino zögerte ein wenig, dann sagte er aber klar und deutlich:

„Sie waren im Bett, beide! Raimund oben, sie, - sie....darunter..."

„Haben Sie Schreie vernommen? Oder eine versuchte Gegenwehr, oder Kampfszenen zwischen den beiden?"

„Nach Miguelas Worten zu urteilen, die ich zufällig hörte, war sie ziemlich verstört, aber sogenannte Kampfszenen, wie Sie sagen, gab es keine. Ich kann aber trotzdem einen früheren Kampf nicht ausschließen."

„Sind Sie sicher?"

„Gewiss! Außer einiger Wäscheteile, die am Boden lagen, der Vorhänge, gab es nichts besonderes zu beachten, nichts Ungewöhnliches. Es muss aber vorher zu Handgreiflichkeiten gekommen sein, bevor ich kam."

„Lassen wir das jetzt. Als Sie Ihre Schwester das zweite Mal suchten, war sie dabei die Treppe herabzusteigen, war es so?"

„Ja, sie hatte diese Absicht."

„Obwohl sie unten dem Mann begegnen konnte, der sie vergewaltigt hatte?"

„Miguela lässt sich nicht so leicht einschüchtern. Ihr Mut hat mich immer beeindruckt, schon als Kind."

„Sie haben sie gleich geohrfeigt, wie Sie sagten!"

„Ja, Sie haben Recht! Ich schlug sie ins Gesicht, denn ich war sehr wütend."

„Nur einmal?"

„Sicher. Warum sollte ich die Geste wiederholen?"

„Na, Sie sagten, dass sie wütend waren."

„Genau, aber das heißt nicht, dass ich deswegen meine Schwester mit den Füßen trete, wie Sie vermuten. Bis dahin hatte ich Miguela nicht mal mit einem Finger angerührt. Das ist in unserer Familie nicht üblich, und außerdem liebe ich sie sehr. Die unverdiente Ohrfeige war mehr als genug. Auch jetzt noch bereue ich diese bedauerliche Szene."

„Dann hat sie Ihnen alles erzählt?"

„Ja! Sie erzählte und zeigte mir dabei die blauen Flecken über den Augen und an den Armen."

„Aus welcher Richtung kam Ihre Schwester?"

„Von links, wenn ich mich nicht irre. Ja, links, denn die Toilette war nämlich links vom Schlafzimmer."

„Sie haben sie folglich auch von links geohrfeigt, denn Ihre rechte Hand ist die linke Seite des Mädchens. So musste es sein.."

„Ja, aber ich schlug sie auf den Mund und das Zeichen von vorhin war eher oben, an der linken Schläfe."

„Vielen Dank, mein Herr. Das war's vorläufig."

Lucino kehrte mir reinem Gewissen und seiner Sache sicher zu seinem Platz zurück. Das Plädoyer der beiden anderen Anwälte war kurz und bündig. Das Urteil sollte nach zwei Stunden, gleich verkündet werden. Im Saal des Gerichtshofes wurde der Junge, von einer Person in Blue Jeans und Lederjacke angehalten.

„Luc?"

„Ach, Clou....Wie geht's dir?"

„Danke gut, mir geht's gut. Ich habe dich einige Male angerufen, aber deine Eltern haben mir ein Gespräch mit dir verweigert. Das kann ich gut verstehen, sie haben einerseits Recht! Mit diesem Ray habe ich Schluss gemacht. Ich hatte endlich die Schnauze voll von ihm und von seinen Hirngespinsten!"

„Konntest du deinen Entschluss nicht schon länger gefasst haben?"

„Ja, sicher! Es wäre besser gewesen! Aber woher hätte ich diese Schweinerei ahnen können, sag mal? Hinterher ist man immer schlauer."

„Redet man so über jemanden, den man früher geliebt hat?"

„Aber wer hat dir gesagt, dass ich ihn liebte, du kleiner Affe! Ich habe ihn akzeptiert, das war alles, das kannst du auch Max fragen, Iris oder Sebastian, wenn du mir's nicht glaubst."

„Ehrlich?"

„Ich sehe nicht ein, wieso ich mich vor dir rechtfertigen soll. Letzten Endes habe ich mit der ganzen Sache sowieso nicht zu tun, und möchte, dass alles so schnell wie möglich beendet wird!"

„Das ist auch mein Wunsch, Clou!", entgegnete Lucino, und setzte seinen Weg fort.

„Luc! Einen Moment."

Der Junge blieb unentschlossen stehen.

„Weißt du, in letzter Zeit habe ich oft an die Worte gedacht, die du an jenen Abend sagtest, bevor du weggingst."

„Ach, das? Ich habe sie schon vergessen, ich war sehr aufgebracht, das verstehst du doch."

„Mach dich nicht besser, als du wirklich bist, du Gauner! Weißt du...!Ich habe über deinen Pathetismus nachgedacht, warum auch nicht?! Und ich bin jetzt der Meinung, dass so manches verdammt gut der Wahrheit entspricht."

„Ach, ja? Gerade du willst mir so einen Fusel anhängen?"

„Nimm's wie du willst, aber ich bleibe bei dieser Idee. Du bist teuflisch direkt und unbeugsam, wenn du willst, das muss ich zugeben."

„Wolltest du mich deshalb sprechen?"

„Ja, deshalb und wegen mehr! Aber hier können wir unmöglich sprechen, alle stehen um uns herum! Guck zu deiner Mutter, zum Beispiel! Sie schaut mich an, als wäre ich ein Mittäter, irgend ein Flittchen."

„Mama ist ein guter Mensch, nur sieht sie alles tragischer als es ist, oder nimmt sich alles zu sehr zu Herzen, wie jede Mutter eben!"

„Das sagst du! Du hast meine Mutter noch nie erlebt, ein Eisklotz nichts anderes,

ein Eisberg, im wahrsten Sinne des Wortes."

„In dieser Hinsicht sieht ihr die Tochter verdammt ähnlich."

„Komm, sei nicht so mürrisch, Luc! Wollen wir wieder Freunde sein, wollen wir uns wieder vertragen?"

„Du bist ein tolles Mädchen Clou, aber......"

„Aber?", unterbrach die junge Blondine und verschlang die Worte fast von seinen Lippen.

„Mit einer Bedingung!"

„Ich rate dir, es sollte eine leichte sein, sonst musst du eine andere herausfinden, eine weniger schwere, kapiert?"

„*No!* Die Bedingung ist ganz leicht zu erfüllen! Diese Freunde von dir! Ich wünsche unsere Freundschaft nur unter uns persönlich fortzusetzen, ist sowas machbar?"

„Du möchtest mich also nur für dich alleine haben, du Bengel!?"

„Ist diese Bedingung schwer zu erfüllen?"

„Ganz einfach! Außer Iris und Sebastian haben sich sowieso alle in irgendeine Richtung verzogen, also wird's nicht unmöglich sein sie zu umgehen."

„Wunderbar!"

„Jetzt muss ich gehen. Ich werde gerufen. Du hörst noch von mir."

„*Ciao!*", verabschiedete sich Luc und ging zu seinen Familienangehörigen, die noch draußen am Flur warteten.

Das vom Staatsanwalt verkündete Urteil wurde eine Überraschung für alle Anwesenden. Raimund Olivier Veva wurde zu einem Jahr auf Bewährung verurteilt mit einer beträchtlichen Geldbuße, da man die finanziellen Möglichkeiten des Angeklagten kannte. Der *Patrone* schäumte fast vor Wut, als er das zu milde Urteil für solch einen Kriminellen erfuhr. Er hätte schwören können, dass die schmutzige Hand der deutschen Mafia im Spiel war, oder aber hatte Veva den Staatsrichter mit viel Geld bestochen.

„Mit Geld kann die Ehre meiner Tochter nicht wieder hergestellt werden." - redete sich Passielo zu. Und so geschah's...nach einer Woche legte er den Scheck ins Feuer, den er nach der Gerichtsverhandlung erhielt, obwohl *Signora* Rosalia und Tonino, der sich ein neues Fahrrad wünschte, heftig protestierten.

„Ich werde dir eins kaufen, mein Sohn, aber mit ehrlich verdientem Geld und nicht mit dem schmutzigen Geld dieser Affenschwänze mit Krawatten!"

Am nächsten Tag bekam Tonino ein neues Fahrrad.

\*

Nach drei Tagen, überbrachte ein kleiner Lausbub, der sich auch gleich aus dem Staub machte, Lucino einen Zettel, worauf in kleiner Handschrift geschrieben stand:

Sei Montag, pünktlich 20.00 Uhr, vor dem Cafe JEHLE. Eine gute Bekannte wird dich abholen.

An demselben Abend saß Lucino mit übereinander geschlagenen Beinen in dem genannten Café, zählte aus Langeweile die vorbeifahrenden Autos, die er durchs Fenster sehen konnte, rauchte und philosophierte über noch nicht geregelte Dinge. Drei Minuten vor 20.00 Uhr quietschten laut die Reifen eines Jaguar Sport und hielten genau einen Meter vor dem jungen Mann, der eiligst nach draußen gerannt war.

„*Buona sera!*" , hörte man eine fröhliche Stimme, und die Wagentür öffnete sich und lud Lucino zum Einsteigen ein. Dann spurtete der Wagen wieder los.

Clou war allein gekommen und war sehr chic gekleidet. Ihr leichtes und diskretes Parfüm hatte natürlich die Absicht ihn einzuschüchtern. Lucino, der von der ganzen Aufmachung überrascht war, sagte sogleich:

„Du siehst heute wunderbar aus, Clou!"

„Soll das ein Kompliment sein, Häschen? *Merci, Chérie,* danke schön Liebling!"

„Für mich hast du dich so arrangiert?"

„Du undankbares Geschöpf, du! Ich habe vor, meinen Eltern einen Besuch abzustatten, wenn du nichts dagegen hast. Du sollst mich dabei begleiten."

„Hätte ich das gewusst, so wäre ich bestimmt niemals in dieses Auto eingestiegen."

„Aber warum, *Chérie?* Die fressen dich doch nicht gleich auf! Sieh mal an, was für ein Gesicht er da macht, der Kauz!"

„Kommt mir lächerlich vor, mich so vorzustellen, das ist alles."

„Ach,nimm's nicht so ernst! O.K.? Wir leben zufällig, im 20. Jahrhundert und nicht im Mittelalter, wo du glaubst dich zu befinden!"

„Weiß dein Vater von dem Besuch?"

„Aber wieso? Es soll doch eine Überraschung werden!"

„Hoffentlich wird es keine unerfreuliche!"

„Hab' keine Angst. Mein Alter liebt mich viel zu sehr, um uns eine Farce zu spielen! Mein Abgeordneter gibt gerade eine Party unter Bekannten."

„Auch das noch! Ich weiß echt nicht, ob ich diesen Tag noch überlebe."

„Du wirst es, und noch wie!"


Sie beschleunigte das Tempo und fuhr auf die Autobahn Richtung Stuttgart.

Der Stau der Stadt blieb plötzlich irgendwo hinterher zurück.

„Wo wohnst du überhaupt?"

„In Lonsee, mein Hübscher, es sind 20 km. bis dahin."

„War ich noch nie!"

„Das glaube ich dir. Es ist auch nur ein unscheinbares Dorf. Papa wurde hier geboren, es bleibt sein geheimer Zufluchtsort. Ich persönlich mag diese Gegend kaum, ich hätte lieber ein Appartement in München oder auch in Ulm, neben dem Münster, oder im Fischerviertel, du weißt schon.

Mir gefällt es im Menschengetummel zu leben. Die Einsamkeit dieses Ortes macht mich manchmal ganz fertig."

„Diese originelle Eigenschaft von dir lerne ich jetzt erst kennen."

„Stimmt aber. Diese negative Seite meiner Persönlichkeit habe ich mir noch als kleines Kind angeeignet, als ich noch an Monster und Vampire glaubte. Dunkelheit und Einsamkeit jagen mir Furcht ein."

„Ich werde mir Mühe geben, dich nie allein zu lassen!", versprach Luc und zündete sich lächelnd eine Zigarette an.

„Schön von dir! Pass nur auf und werde kein Egoist mit der Zeit, Liebling!

Vor solchen Menschen fürchte ich mich nämlich auch!"

Sie stellte mit einer Hand das Autoradio an, und legte eine MC hinein.

„Gefällt dir America?"

„Ja, es ist ein herausfordernder und grandioser Kontinent! Das Land der unbegrenzten Möglichkeiten."

„Quatsch! Ich rede von der Rockgruppe America!"

„Kenn ich nicht!", bemerkte Lucino und sah hinaus auf die vorbeifliegende Landschaft.

„Dann ist es höchste Eisenbahn, sie kennenzulernen, die haben spitze Songs."

Sie stellte die Musik etwas leiser und fragte:

63

„Sag mal, worauf stehst du denn? Ich weiß es ja gar nicht."

„Da kann ich mich auf nichts Bestimmtes festlegen. Vielleicht U2, Led Zeppelin."

„Du stehst also auf Retro?"

„Nee, ich glaub' nicht. Oder nur teilweise. Übrigens, dieser Song ist auch nicht schlecht."

„Echt? Das freut mich, dass er dir gefällt. Jetzt geht's aber auf die Schnellstraße." sagte das Mädchen und bog in eine Ausfahrt ein. „In wenigen Minuten sind wir daheim!"

Schweigen legte sich; vor der Ortseinfahrt sagte sie nochmal:

„Bitte, lass dich von Papa nicht kleinkriegen. Er hat die Gewohnheit andere in Unsicherheit zu versetzen. Er ist sehr diplomatisch, seine Herrschaft!"

„Unsicherheit? Daran denk' ich nicht im Traum. An sowas habe ich noch nie gelitten."

„Angeber!"

„Angeberin!"

„Ich? Das war ich noch nie, Liebster! Nur ihr Männer macht uns mit eurem angeborenen Snobismus so viel zu schaffen. Ätsch!"

„Du sprichst wie eine Emanze."

„Denkst du? Für solche habe ich nichts übrig, das solltest du wissen. Solche Frauen machen mich ängstlich. Also, kannst du dich wieder beruhigen."

„Wenn dein Vater dich hören würde, wäre er wahrscheinlich überglücklich.

Du scheinst die Meinung der Philosophen der Antike zu vertreten! Hut ab!"

„Ich weiß nicht worauf du hinauswillst?"

„Aristoteles hat mal was ganz lustiges behauptet, soll ich's dir verraten?"

„Schieß los!"

„Weißt du zum Beispiel, weshalb die Frauen im Gegensatz zu den Männern keine Glatze kriegen?"

„Keine Ahnung. Kennst du die Antwort?"

„Aristoteles kennt sie, aber sie wird dir bestimmt nicht gefallen!"

„Du machst mich neugierig. Sag's doch endlich, du Prophet, spann mich nicht so auf die Folter."

„Na, dann...sollst du es wissen! Hör gut zu! Weil....weil die Frauen weniger denken, deshalb fallen Ihnen die Haare nicht aus."

„Du bist ein unverschämter Aufhetzer, Luc!"

„Keineswegs! Das ist wahr, absolut wahr."

„Dann war dieser Aristoteles ein Geistesgestörter, der nicht mal bis drei zählen konnte.....und...und....."

Lucino näherte sich ihr in diesem Moment und küsste flüchtig ihre Wange. Dann zog er sich gleich zurück und tat so, als ob er ein Urteil von ihr erwarten würde.

„Was soll das gewesen sein?", fragte sie ohne den Blick von dem grauen Asphaltband vor sich zu kehren.

„Das ist meine Entschuldigung für die Worte von vorhin!"

„Ich wünschte du würdest dir öfter mal so widersprechen."

„Clou?"

„Ja, Luc..?"

„Möchtest du kurz mal anhalten?"

„Jetzt? Was hast du vor?"

„Das wirst du dann sehen."

Das Mädchen hielt den Wagen irgendwo rechts ab und wartete gespannt auf das, was kommen sollte. Lucino näherte sich zum zweiten Male ihrem Sitz und presste seine Lippen lang auf ihren halbgeöffneten Mund. Als er wieder aufrecht saß, drehte sie den Kontaktschlüssel um, und preschte wie von einer Schlange gebissen davon. Eine tiefe Stille legte sich zwischen die beiden, denn keiner wollte in dem Moment den romantischen Charme vergangener Augenblicke unterbrechen.

„Küsst du die Mädchen immer am Straßenrand?"

„Nur die ganz Besonderen Clou, und du bist eine von ihnen! Ich habe dich lieb, Clou!"

Sie atmete mit einem langen Gesicht erleichtert auf, als hätte sie dies alles niemals von ihm erwartet. Er grinste dabei, denn sie wirkte ulkig, sehr gelöst.

„Ich dachte schon du würdest es nie sagen."

Der Wagen hielt erst wieder vor einer imposanten Garage und Clou erläuterte dem Jungen, der sie fragend ansah:

„Da sind wir also!" Er blickte mit großen Augen um sich:

„Ich sehe nirgendwo ein Haus!"

„Dort, hinter den Bäumen, bis hin müssen wir ein Stück zu Fuß gehen!"

Sie schloss das Auto ab, ließ es aber vor der Garage stehen. Mit einem plötzlichen Lachen sprintete sie die Allee entlang und zog Lucino hinterher, rufend:

„Komm, Luc oder willst du hier Wurzeln schlagen?" Sie liefen so Hand in Hand und stiegen die steinernen Treppen bis zum Haus hoch. Sie blieben erst auf der Terrasse stehen, hinter der sich die Silhouette der versteckten Villa konturierte. Es war ein zweistöckiges Gebäude mit etlichen Balkonen und Fenstern, ziemlich großzügig angelegt auf dem hohen Plateau. Die Monstrosität dieser, veranlasste den jungen Lucino zu sagen:

„Ich habe nicht gedacht, dass du so reich sein kannst!"

„Ach, wo! Dies ist nur Gemäuer und nichts anderes."

„Ich kenne niemanden, der so ein großes Haus besitzt oder darüber verfügt außer in Büchern oder in der Glotze! Wie viele Zimmer hat das Haus? 20, 30....?"

„Du übertreibst doch. Hier sind viele Leute die solche Villen besitzen.

Vor dem Eingang stehen die Wagen der Offiziellen! Wir müssen vermeiden sie zu treffen! Komm mal

mit! Dieses Haus ist wie eine alte Familiengruft -
düster und ohne Leben!" , fügte sie hinzu.

„Wo ist dein Zimmer, Clou?", wollte der Junge
wissen, und sah dabei flüchtig durch die erhellten
Fenster.

„Von hier aus kann man es nicht sehen, aber ich
werde es dir zeigen, wenn du das wirklich willst.
Etwas später! Komm jetzt, wir versuchen uns durch
die Hintertür der Dienerschaft hineinzuschleichen."

„Habt ihr auch Bedienstete?"

„Einen Butler, einen Gärtner und fünf andere
Angestellte - macht im ganzen sieben Personen."

„Ein Abgeordneter kann sich so einen Luxus
leisten?"

„Sicherlich nicht. Ich verrate dir ein Geheimnis.
Eigentlich bringt meine Mutter das Geld, sie hat
auch die Diener eingestellt, die sich um das Haus
kümmern. Französische Etikette eben. Meine Mama
wurde so erzogen."

„Deine Mutter ist Französin?"

„*Oui, mon cher,* aus einer der edelsten Pariser
Gesellschaften."

„Das haut mich um! Ich dachte du hast deine
wunderschönen Haare von einem waschechten
Deutschen geerbt!"

„Zum Teil kann es auch so sein! Mein Vater ist auch
blond, genau so wie meine Mama. Komm jetzt rein,
wir haben genug unnötiges Zeug geschwätzt!"

Sie klopfte an einem Hintereingang und eine alte
Frau mit vorgebundener Schürze und weitem Rock

öffnete, und klatschte sogleich überrascht in die Hände:

„Mademoiselle Clothilde!"

*„Oui madame Klara,* ich bin's! Komm, staun nicht so, und geh' und sag' meinem Vater, dass ich auf meinem Zimmer bin, und ihm jemanden vorstellen will. Ich warte dort auf ihn."

„Ich werd's ausrichten! Aber bitte kein Wort zu Ihrem Vater, dass ich Ihnen diese Tür öffnete. Er hat's mir des Öfteren untersagt, wie Sie auch wissen! Wer ist dieser gutaussehende junge Mann, *Mademoiselle* Clothilde?"

„Ein Freund, *Madame*, ein Freund! *Un ami...* !",
schrie fast das Mädchen und hielt ihr eine Hand wie einen Trichter ans Ohr der Greisin, die etwas schwerhörig war.

„Er scheint besser auszusehen als der letzte!",
bemerkte sie, sichtlich überrascht. Lucino wurde bleich bei diesen Worten. Clou, die ein Auge auf ihn warf, explodierte auf einmal:

„Halt die Klappe, *Madame Raquin!*"

*„Ca y est!* Wie ich eben sagte!", fügte die Köchin hinzu, ohne das Mädchens letzten Satz verstanden zu haben.

„Voila pour aujourd'hui madame Klara!"

Jetzt merkte sie auch, dass war falsches vorgefallen war. Sie entfernte sich schnell mit der Bemerkung:

„Ich werde ihn benachrichtigen! *Est egale a au courant.* Gleich...gleich, *Mademoiselle Clothilde!"*

Clou zog den Jungen weiter und sie stieg mit ihm eine Wendeltreppe hoch, die zu den oben gelegenen Appartements führte. Sie landeten in einem breiten Flur und sie öffnete dabei eine mit braunem Leder bezogene Tür. Sie wollte ihn gleich hineinziehen, als eine Dame Sie entdeckte, und von weitem rief:

„Clou, Clou...bist du es?"

„*Oui maman,* ich bin's!"

„Wen bringst du da? Ist er ein Bekannter unserer Familie?"

„*Non, maman,* ich werde dir mit ihm später Bekanntschaft machen."

„Sei nicht schlecht erzogen, Clothilde! Stell´ mir den *Monsieur* sofort vor."

„Ach, auch das noch!", seufzte das Mädchen und drehte sich zu seiner Mutter um:

„Das ist mein Freund, Lucino Passielo! Seinem Vater gehört das *Ristorante Bella Roma,* das du vielleicht kennst!"

„Passielo? Der Name ist mir irgendwie bekannt, *ma chérie.*"

„Das glaube ich dir, *maman!* Er ist der Bruder des von Raimund in Unehre gezogenen Mädchens."

„Ach, ja, ja..., eine schmutzige Affäre. Ich habe davon gehört. Deshalb ist mir dieser ungewöhnliche Name in Erinnerung geblieben. Es tut mir leid, mein Herr, wegen Ihrer Schwester!"

„*Grazie, signora!*", antwortete Lucino, leise mit getrübter Stimme.

„Sie sind ein sehr sympathischer junger Mann, Lucino. Vielleicht sehen wir uns ein anderes Mal und unterhalten uns mehr über Ihre Person."

Clothildes Mutter verschwand dann um die Ecke des Flurs und die Tochter atmete jetzt erleichtert auf:
„Gut, dass sie fort ist! Komm jetzt rein, bis uns nicht noch jemand entdeckt!"
Sie traten ein und das Mädchen warf sich ihm sofort an den Hals, als die Tür ins Schloss fiel. Er wies sie jedoch reserviert ab, und blieb zurückhaltend stehen. Sie guckte ihn für einen Augenblick forschend an und sagte dabei:
„Ich kann mir denken, warum du auf mich böse bist. Die Worte dieser Schwätzerin Raquin haben dich verärgert!"
„Und das wundert dich?", gab Lucino mit gesenktem Kopf zu.
„Nein, es ist nicht wie du denkst! Du siehst es falsch! Ein sogenanntes Mauerblümchen war ich eben nicht, wenn du das von mir glaubst. Ich bin 23 Luc, und ich bin kein Teenie mit Pickeln im Gesicht oder ein naives Schulmädchen mehr! Vermutest du das wirklich in deiner Phantasiewelt?"
„Wie viele Jungs hast du schon durch diese Tür auf dein Zimmer geschleppt, Clou? Zehn? Zwanzig...oder mehr?"
„Siehst du, jetzt übertreibst du aber! Ich bin kein leichtfertiges Flittchen, aber auch frigide bin ich nie gewesen. Wenn du es wissen willst, ich hatte einige Freunde, Jaa! Und wenn du noch nicht zufrieden

bist, dann sage ich dir folgendes: ich habe als fünfzehnjährige mit einem schwarzen Boy geschlafen, lange her, irgendwo in Jamaika! Reicht dir das jetzt?"

„So? Ich sollte dir das wirklich abkaufen?", grinste er sarkastisch, doch schlimme Vermutungen tauchten bei ihm auf, und plötzlich fürchtete er sich vor diesem Mädchen mit dem Engelsgesicht. Er fasste ihre Hand, und begann sie stark zu drücken. Ohne es zu wissen, tat er ihr weh. Sie schrie ängstlich auf, blieb jedoch trotzig und vollgepackt vor ihm, abwartend stehen.

„Sag, dass es nur eine Lüge von dir ist! Es ist nicht wahr."

„Doch! Ich war damals echt verliebt! Der Sohn eines eingeborenen Fischers hatte mir den Kopf verdreht. Er war ein paar Jahre jünger als ich und wir liebten uns sehr. Er wollte mich sogar heiraten, verstehst du jetzt? So wie ich, glaubte auch er, die Welt bestehe nur aus goldenen Träumen und Verheißungen. Meine Mutter hat ihn gnadenlos, wie sie eben mit solchen Menschen ist, aus dem Hotel vertrieben und seither, bin ich ihn niemals mehr begegnet. So, jetzt weißt du auch das!"

Er ließ sie los und fiel erstaunt auf einen Stuhl.
„Bist du etwa auch einer von denen, der glaubt, die Welt sei ein rosa blühendes Paradies, wo du ewig schlummern kannst und die Vöglein singen? Ich sag's dir, dem ist nicht so und es wird's auch nie

72

sein. Jetzt mach', wie du denkst, verabscheue mich, hasse mich, wie du willst..!"

Weinend warf sie sich auf das seidenüberzogene Bett, so wie sie es oft tat, wenn sie ein seelisches Tief hatte. Sie blieb so jammernd da liegen und alles schien so, als wäre ihr gar nicht mehr wichtig. Lucino erhob sich von dem Stuhl und näherte sich mit zögernden Schritten dem Mädchen, das ihren Kummer, immer noch schluchzend unterdrückte. Sie hörte ihn und drehte sich um:

„Bist du noch nicht fort?"

Er setzte sich wie erstarrt auf den Bettrand und fuhr ihr mit den Fingern durch ihr langes, blondes Haar. Er folgte stillschweigend einer Träne, die über ihre nasse Wange lief, und sich in einem Mundwinkel irgendwo verlor.

„Weißt du, ich liebe dich doch, Clou!" , flüsterte er gerührt. „Wie könnte ich dich jemals hassen?"

„Schwöre es mir, Luc! Schwöre auf das, was dir am heiligsten auf dieser Welt ist."

„Ja, natürlich, auf das, was mir am heiligsten ist auf dieser Welt!", wiederholte er verliebt.

„Wirst du bereit sein mich immer zu lieben, mich zu akzeptieren so wie ich bin, abgesehen von meiner Vergangenheit? Wirst du mich so lieben, wie du deine Schwester und Mutter liebst?"

„Du bist so was wie ein unerfüllter Traum für mich, Clou. Du weißt es. Liebe mich, Clou und ich werde als Dank, mein Leben in deine Hände legen. Bist du nun zufrieden, du Kasper?"

73

Verführt von den einfachen, aber eindrucksvollen Worten des Jungen - Worte, die sie sich, im Leben schon immer gewünscht hatte, näherte sie sich ihm ganz aufgeregt:

„Diesem Pathos, Luc, kann wohl kein Weib widerstehen, nicht wahr? Ich liebe dich genau so arg, du Strolch! Ich liebe dich wahnsinnig! Küss mich im Namen aller Heiligen, die über diese Welt voller Kanaillen und hinterhältigen Schuften wachen!", rief sie am Ende, ärgerlich darüber, dass er es noch nicht getan hatte.

Amüsiert über diesen heiteren Ausbruch des Mädchens, schloss er sie in die Arme und suchte sehnsüchtig nach ihrem Mund, während ein Kribbeln ihn von Kopf bis Fuß durchging.

Nach gut einer Stunde, hörten sie, jemanden an die Tür klopfen. Sie brachte schnell ihre verrutschte Kleidung in Ordnung und rief laut aus dem Bett:

„Gleich, einen Augenblick, bitte."

Derjenige, der angeklopft hatte, wartete nicht lange, nämlich die Türe ging ohne jede Vorwarnung auf und ein hoher, festlich gekleideter Mann mit spärlichem blondem Haar, einer froher Miene und denselben blauen Augen, wie die des Mädchens, trat ein. Lucino erkannte den Vater seiner Geliebten sofort, erhob sich und begrüßte ihn mit einem zurückhaltenden respektvollen: „Guten Abend". Der Mann, der die Situation gleich erkannte, antwortete höflich, aber kalt:

„Mir wurde gesagt, dass du mir jemanden vorstellen möchtest, Clothilde! Bitte, da bin ich, ich warte darauf."

„Da steht er ja vor dir Papa. Das ist er!"

„So? Und wie heißt er, wenn ich das noch erfahren darf?"

„Ich heiße Lucino Passielo, Herr Vogt!", stellte er sich selbst vor.

„Passielo, Passielo....diesen Namen habe ich schon gehört, im Zusammenhang mit einer schmutzigen Angelegenheit, glaube ich."

„Er ist der Bruder des Mädchens, das Raimund im vergangenen Jahr misshandelt hat, Papa!", wandte Clou wie eine Berichtserstatterin wieder ein.

„Aha, interessant! Aber der Sohn von Herrn Veva wurde doch nicht zur Gefängnisstrafe verurteilt, also muss ihn keine große Schuld treffen, wie man es so hört."

„In meinen Augen ist er aber, Papa, tut mir leid. Hättest du ihn nicht in meinen Freundeskreis eingeführt, so hätte ich ihn nie beachtet, so ungezogen und widerlich wie er ist."

„Ich sehe es ein! Meiner lieben, verwöhnten Tochter hätte ein Typ, wie Valentino oder Travolta besser gefallen. Gewöhnlich Sterbliche mag sie nicht mehr."

„Gewöhnliche Jungs schon, aber nicht Grobiane."

„Komisch, immer gibst du mir die Schuld an der Dummheit anderer."

„Keine Rede, Papa, die Sache mit Ray ist damit beendet und ich bin froh darüber. Ich will ihn so lange ich lebe nie mehr sehen."

„Das ist deine Sache. Kommt ihr beide zum Essen runter?", fragte er formell.

„Du weißt, ich reiß mich kaum um langweiliges Geschwätz mit deinen zeitgenössischen Aristokraten. Sie sind kaum besser, als die „alten".

„Also darf ich deine Einladung ablehnen, Papa! Lucino und ich werden hier, oder irgendwo auswärts essen, wenn du es erlaubst!"

„Schön, sehr nett von dir! Auch einmal ertappe ich dich zu Hause und dann willst du mir zwischen den Fingern entfliehen, wie ein Spatz, der nichts mehr von seinem Nest wissen will."

„Aber Papa, du musst doch einsehen, dass wir zwischen euch Männern von Maß und Welt, nicht gerade ins Bild passen."

„Du verwechselst Deutschland mit Großbritannien, meine Liebe! Der Konservatorismus ist keine von unseren gelobten Eigenschaften. Die Demokratie unseres Staates ist, auch wenn du es nicht wahrhaben willst, beispielhaft für andere. Also, komm doch, wenigstens heute!", wechselte er das Thema mit einem deutlich milderen Ton.

Sie fixierte ihn unentschlossen.

„Ich warte unten auf euch beide und von einem Abendessen zu zweit in der Stadt will ich nichts mehr hören. Haben wir uns verstanden, mein Täubchen?"

„*Oui,* Papa!", seufzte sie und blickte ihren Freund hilflos an. Als Vogt das Zimmer verlassen hatte, meinte Clou:

„Ist er nicht unmöglich?"

„Eigentlich im Gegenteil. Er hat auf mich einen guten Eindruck gemacht!"

„Jetzt stellst auch du dich gegen mich, wie die meisten in diesem eitlen Haus !"

„*No!* Der Grund ist nur, dass ich noch keinem solchen Dinner - *à la Carte,* beigewohnt habe, in der High-Society Emisphäre."

„Ich wusste, dass du dieses hässliche Wort, das ich sehr verabscheue, einmal aussprechen würdest. Wenn du denkst hier bekannte Gesichter zu treffen, so muss ich dich leider enttäuschen. Papa lädt nie Bundestagmitglieder zu sich nach Hause ein."

Lucino küsste sie plötzlich auf den Hals, dann ging er wie triumphierend fort, ohne ein Wort darüber zu sagen.


„Schlechte Angewohnheiten hast du auch noch!", konterte sie genervt.

„Ich warne dich, wenn ich dich wieder anfasse, dann kommen wir niemals zum Dinner."

„Bleib dort wo du bist, du Draufgänger, sonst kriegst du's mit mir zu tun und eines muss ich dir noch sagen, - wenn mich jemand aufhetzt, so bin ich ein ungezähmtes, grausames Tier, wild und kratzig wie eine Medusa, Kapiert?"

„Weißt du, vielleicht hast du Recht, dass du so bist! Trotzdem, hör gut zu! Auch ich besitze ähnliche

Waffen. Ein altes Sprichwort sagt: Was du heute kannst besorgen, das verschiebe nicht auf morgen! Gleich wirst du sehen, was ich meine."

Sie schrie, als er sich ihr näherte, doch dann, fiel sie ihm mit allen Widerspruch, in die Arme.

„Ich habe Vater versprochen, dass wir zum Essen gehen, Liebling.", säuselte sie und versuchte sich aus seiner liebevollen Umarmung zu lösen.

„Clou, willst du meine Verlobte sein?", fragte er nachdrücklich.

Das Mädchen sah ihn neugierig an:

„Möchtest du das wirklich?"

„Noch nie war ich entschlossener und sicherer als heute."

„Gut, prima Klima!", murmelte sie kurz und küsste ihn noch mal auf den Mund, anders aber als vorher -

„Das trifft sich gut, mein Alter wird an diesem Abend aus allen Wolken fallen!"

„Willst du es ihm gleich sagen?", fragte Lucino, der sich das ganze anders vorgestellt hatte.

„Was hast du denn gedacht?"

„Ist es nicht zu früh, Engelchen?", stotterte er besonnen.

„Was du heute kannst besorgen, das verschiebe nicht auf morgen. Das hast du gerade gesagt, nicht wahr? Oder willst du deinen Spruch etwa zurücknehmen?"

„Daran denke ich kaum!"

„Dann komm jetzt endlich, sei kein Spielverderber."

In Vogts Empfangshalle herrschte eine zurückhaltende Atmosphäre, ähnlich wie in einem Weisheitstempel; man unterhielt sich mit gedämpfter, fast flüsternder Stimme. Clou, die ihren Beschützer an der Hand hinterher zog, fand den Abgeordneten in Mitte seiner Gäste und nahm ihn beiseite:

„Papa! Dieser nette Junge hat mir eben ein kurioses Angebot gemacht. Ich habe es auch sofort akzeptiert, da ich keinen wahren Grund sah, es nicht anzunehmen. Um es direkt auszusprechen. Papa, wir wollen uns so schnell wie möglich verloben."

Alfred Vogt sah seine Tochter furchterregt an; er ergriff sie an einem Arm und zog sie hinter einem schweren Brokatvorhang, wo niemand ihr Gespräch anhören konnte.

„Bist wohl verrückt geworden, meine Liebe? Ist das nicht nur einer deiner launenhaften Einfälle, wie immer?"

„Diesmal ist es ernst, Papa! Ich liebe ihn und er liebt mich natürlich auch."

„Er liebt dein Geld, deine teuren Kleider, den Wagen, Liebstes, nicht dich!"

„Du täuscht dich gewaltig, Papa! Luc ist anders, das weiß ich ganz genau."

„Du weißt nichts! Dieser Bursche ist die unpassendste Partie, die du jemals ins Haus gebracht hast!"

„Du sprichst wieder mit deinem arroganten Ton, Papa! Ich bin nicht mehr das kleine Mädchen, dem du mit einem Stock Erziehung beibringen möchtest. Ich bin längst 23 geworden und will meine Freiheit, O.K.?"

„Ich weiß nicht, was du mit Freiheit meinst, aber eins sage ich dir, wenn du darunter diese abenteuerlichen Eskapaden verstehst, dann hast du dafür kaum die passenden Eltern ausgewählt! Ich kenne dich zu gut Fräulein, als dass du mir etwas vorträgst. Du hast immer nur getan was du wolltest und niemand hat sich je in deinem Kram eingemischt. Ich werde es auch diesmal nicht tun, wenn du von diesem versponnenen Gedanken ablässt. Geh' jetzt und sag deinem Gigolo, dass die Verlobung, die er sich erhofft, vorerst verschoben wird, wie auch für immer."

„Hör zu Papa, vielleicht hast du Recht, ich habe mich früher oft daneben benommen, aber bitte schreibe mir nicht vor, was ich zu tun habe. Ich liebe Luc und dabei bleibt's, auch für „immer".....! Ich werde seinen Wunsch nachgehen, ihn sogar heiraten eines Tages, das steht fest. So....Wenn dir das alles nicht passt, dann kannst du dir ruhig eine andere Tochter suchen."

Mit diesem verärgerten Schlusspunkt wollte sie gehen, aber Vogt hielt sie noch fest:
„Wenn du mir sowas antust, so bekommst du von mir keinen Pfennig mehr, gar nichts meine Teure! Mit deiner Mutter werde ich diese Sache noch besprechen. Wir werden dann sehen, wie wir uns entscheiden werden!"

80

„Wie du denkst, Papa!" Sie riss sich los und ging auf eine junge Serviererin im Mini zu, die ein Tablett mit vollen Sektgläsern, offerierte.

Lucino, der die Szene Vater-Tochter verständnisvoll verfolgt hatte, kam in diesem Moment in ihre Nähe.

„Was hat er gesagt?", lispelte er ihr besorgt ins Ohr, ahnend, dass nichts Gutes vorgefallen war. Sie schwieg noch verbissen, doch dann sagte sie, mit einem versuchten Lächeln:

„Nichts. Er meint, es wäre noch zu früh für eine Verlobung, es sei übereilt!"

Er nahm ihr Gesicht zwischen seine beiden Hände und sah ihr streng in die enttäuschten blauen Augen:

„Sag mir die Wahrheit, Clou, die ganze Wahrheit!"

„Willst du das wirklich? Es wird dich nicht sehr freuen, klaro?!"

„Sag's mir doch!", pochte er weiter, als sie unsicher stockte.

„Er wollte mir einreden, du seist nur hinter meinem Geld her, und nicht hinter mir!". Lucino löste seine Hände von ihr und sein Ausdruck veränderte sich auf einmal:

„Und du glaubst all diesen Irrsinn?", fragte er erbittert.

„Ja, leider glaube ich ihm, du Schurke!"

Er taumelte verwirrt einen Schritt zurück.

„Dann bleibt mir wohl nichts anderes übrig, als mich von dir zu verabschieden!"

Ihr Lachen machte ihn unsicher.

„Ich glaube, es bleibt uns nichts anderes übrig, als von hier zu verschwinden und uns eine kleine Wohnung zu suchen!", lachte sie beglückt - „So ist das."

„Oh, Clou! Du hast mir aber echt einen Schrecken eingejagt!"

Er schloss sie in seine Arme und küsste sie vor der ganzen Szene; sie antwortete im gleichem Sinne genauso aufgeregt. Einige Gäste begannen sofort begeistert Beifall zu spenden, ohne mehr auf die Hausetikette zu achten. Das Mädchen lächelte ihnen selbstsicher zu und beide gingen dann zur großen Eingangstür, wo sie sich noch mal umdrehte, glücklich wie im siebten Himmel:

„Wir danken Ihnen, meine Damen und Herren! Eure Sympathie hat uns beglückt, wenn Ihr das wissen wolltet! Ihr seid okay."

Dann schloss sie die Tür hinter sich und ging zu den vielen Autos, die vor dem Eingang warteten. Lucino folgte ihr stillschweigend.

„Warten Sie auf einen Partygast?", fragte sie einen Taxifahrer, der seinen beigen Mercedes gleich an der Einfahrt geparkt hatte.

„Ja, Fräulein."

„Fahren Sie uns dann erst in die Stadt, wenn's geht! Ihr Fahrgast wird sich an diesem Abend noch etwas verspäten!"

Der Taxifahrer sah sie forschend an, weil Vogts Tochter, für diese Jahreszeit nur spärlich bekleidet war, und zitterte, doch dann entschloss er sich schnell:

„Ist das Ihr Freund?", wollte er wissen, und zeigte dabei mit dem Finger auf Lucino, der betreten abseits stand. Sie grinste:

„Ja, mon ami!"

„Dann steigen Sie ein!"

Clothilde zwängte sich vor Kälte frierend in den Wagen, und ließ die Wagentür offen:

„Nun, steig doch ein, du Schmusele."

„Und unsere Klamotten?", entgegnete dieser unschlüssig.

„Ich schicke jemanden, um sie zu holen."

„Wohin geht's denn?"

„Zu dir nach Hause!"

Das Taxi fuhr langsam los. Mit erhellten Scheinwerfern konnte sich das Auto nur mit Mühe einen Weg durch den dicken Schnee, der inzwischen gefallen war, bahnen.

„Du bist wirklich originell!", bemerkte er plötzlich.

„Nicht wahr?", bejahte sie, ein wenig träumend und gelassen jetzt.

# II

Zwei Monate waren inzwischen vergangen. Passielo hatte gerade das 10-jährige Bestehen der Bella Roma gefeiert und bereitete sich vor, das Lokal wegen Ostern zu schließen, wobei er eine kleine Italienreise plante.

Luc und Clou hatten sich entschlossen zu Hause zu bleiben und für die Prüfungen zu lernen. Lucino wollte das abgebrochene Studium wieder aufnehmen. In den Fächern, wo er nicht gerade Stärke zeigte, ging es jetzt aufwärts und auch einige Teste, die ihm die weitere Laufbahn eröffneten, bestand er mit „gut". Clothilde stand ihm manchmal helfend zur Seite, wenn sie frei hatte. Sie waren in ein leerstehendes, geräumiges, drei Zimmer Appartement im ersten Stock zusammen eingezogen. Morgens ging Clothilde zur Uni, mittags lernte sie für ihr Studium und abends bereitete sie den Jungen für die letzten Prüfungen vor, die Mitte Sommer auf ihn warteten.

Manchmal waren Gäste von der Uni eingeladen, Kollegen, Freunde und Bekannte, die sie sehr schätzten und bewunderten. Ein oder zwei davon waren abhängig, aber die Studentin akzeptierte sie gleichermaßen. Übrigens hätte Luc nie etwas erfahren, wenn nicht sie ihn darauf aufmerksam gemacht hätte. Über dieses Thema hatten sie einige Tage davor ganz aufgeregt diskutiert.

Lucino bemerkte gerade:

„Ich verstehe diese Jungs nicht! Sie haben alle Geld, wohlhabende Eltern, Freundinnen und trotzdem fallen sie auf diesen Mist rein. Das will mir nicht in den Kopf."

„Hast du dieses Zeug nie geraucht, Liebster?", wunderte sich Clou und sah ihn mit großen Augen an.

„Hab's nie probiert, aber es macht mich auch nicht an, um ehrlich zu sein!"

„Ich hab mal mit Rolf eine Prise geschnupft, in der 10-ten, - weißt du, Rolf, der Typ der fast immer in den fetzigen Jeans rumläuft. Tja, es war keineswegs schlecht, es versetzt dich in eine Euphorie der Freiheit und seniler Gleichgültigkeit, - Gleichgültigkeit....Ja....."

„Ich hab' noch nie das Bedürfnis verspürt an diese „Gleichgültigkeit" zu appellieren. Es genügt, dass ich rauche und trinke."

„Aber es hat eine total andere Wirkung als das Rauchen!", widersetzte sich das Mädchen und ließ für einen Augenblick das Buch zur Seite fallen. „Das kann man gar nicht vergleichen!"

„Das mag sein, aber ich bleibe trotzdem bei meiner gewöhnlichen Zigarettenmarke!"

„Willst du echt nicht mal probieren?"

„*No!*", erwiderte er hartnäckig wie ein Klotz.

Clou seufzte und ging weiter ihrer Arbeit nach, indem sie merkte:

„Du Angsthase!"

Er las unbekümmert weiter, so als ob er nichts gehört hätte. Nachdem er das Kapitel ausgebüffelt hatte, schloss er das Buch und stand unschlüssig da, ohne zu wissen was er nun tun sollte.

„Nimm deine Finger da weg!", erwiderte sie, mit dem Blick immer noch an ihrem Soziologiebuch haftend.

„Aber ich finde das sehr amüsant, Häschen!"

„Aha, das findest du?! Ich jedoch kaum! Soll ich dir eins über die Pfoten hauen?"

„Wirst du das wagen?", ärgerte er sie, sich weiter heimlich dabei vergnügend.

„Wetten wir?", ergänzte sie nur relativ mit ihrem Studium beschäftigt.

„Gut, dann verzichte ich drauf!", gab er sich geschlagen. „Willst du wirklich einmal schnupfen?"

„Ihii!"

„Einverstanden."

„Steck's zurück!"

„Was?"

„Die Hand!"

Lucino brach in ein plötzliches Gelächter aus und zog sie gleich an sich.

„Und wie bleibt's mit dem Lernen?", sagte sie noch suggestiv dem Buch hilflos nachblickend, das auf dem Boden glitt.

„Wird für abends aufgeschoben!"

„Tja, ehrlich zu sagen, ich wollte abends Rolf anrufen!", fiel ihr auf einmal ein.

„Dann lassen wir's für morgen. Das ist dann sowieso unser freier Samstag."

„Du willst also auch unseren üblichen Spaziergang verschieben?"

„Wir werden am Montag etwas joggen! Und abends geht's dann ab in eine Disco!"

„Auf deine Rechnung? Gibst' einen aus?"

„Was bleibt mir sonst übrig, du habgieriges Entlein."

Er zog die Vorhänge zu und schmiegte sich wieder an sie. Gegen acht Uhr machte Rolfs unbändige, schlampige Gestalt ihre Erscheinung, so wie sie es eben abgesprochen hatten. Der Student zog eine versilberte Tabakdose hervor und bot jedem eine selbstgedrehte Zigarette an. Er gab ihnen auch Feuer: „vom Streichholz", das purste Feuer, wie er es ernsthaft nannte. Alle drei zogen fast gleichzeitig den Rauch in den Rachen, mit der Erfahrung langjähriger Experten.

„Ich spüre gar nichts!", äußerte sich Luc mit einem verzogenen Gesicht.

„Warte doch..!", meinte das Mädchen und grinste allwissend. Rolf hatte eine Kassette aufgelegt und die Lider geschlossen; er genoss schon die Musik und die Droge mit dem natürlichen Image eines professionellen Fixers. Einige weißliche Päckchen legte er auf den niederen Tisch und sah das Mädchen mit besonderem Interesse an. Clou zwinkerte schnell, aber sie sagte prompt, mit sicherer Stimme:

„Hartes Zeug mögen wir nicht, Rolf!"

Der Student hob passiv die Schultern und flüsterte:

„Vom Feinsten, 80 %."

„Hast du auch davon genommen?"

„Du weißt doch, dass ich auf Neuigkeiten nicht stehe!"

Sie rauchten die Zigaretten bis sie sich fast die Finger verbrannten und Lucino reagierte gleich danach:

„Kann ich noch eine probieren?"

„Bitte!", entgegnete dieser und öffnete dabei die Tabakdose, die er beiden zur Verfügung stellte.

„Hab' ich dir nicht gesagt?", ermutigte sie ihn und steckte sich ebenfalls eine neue an. Bevor er sich aber noch an der verbotenen Ernte labte, entschlüpfte Lucino noch eine Bemerkung:

„Mir ist es, als ob ich Schritte im Treppenhaus gehört habe. Stell die Musik etwas leiser, Rolf!"

Dieser streckte sich ohne Eile zur Stereoanlage hin und drehte den Lautsprecherregler gelassen. Alle drei lauschten aufmerksam an der Tür, aber nichts mehr war zu hören. Rolf bemerkte enttäuscht:

„Was habt ihr bloß? Gefällt euch Fletwood Mac etwa nicht?"

„Sei nicht doof, Rolf! Hast du die Tür hinter dir geschlossen als du hoch kamst?"

„Logoo!", antwortete er verwundert.

„Dann ist alles in Ordnung!", beruhigte sie sich, aber im gleichen Augenblick klopfte jemand als Ermahnungszeichen an die Tür:

„Polizei! Bitte aufmachen!"

Rolf sprang von seinem Platz auf, jedoch nicht so schnell wie er es normalerweise getan hätte. Die Tür ging ohne jede Aufforderung auf und drei Männer in Uniform traten ein und ließen ihre Augen über die Unordnung, die im Raum herrschte, gleiten. Einer von ihnen - der jüngste, konfiszierte mit einer Geste die weißen durchsichtigen Päckchen, die auf dem Tisch lagen und entschied:

„Die bleiben hier!" Rolf zog sich verschüchtert zurück. Die anderen blieben schweigend und erstarrt stehen.

„Wir treiben also illegalen Handel, meine Bübchen?" Clou sah sie an, ohne was zu sagen.

„Egal, wie es ist! Ihr müsst mitkommen, verstanden?"

„Einen Moment!", griff Lucino ein, indem er sich würdevoll aufrichtete. „Haben Sie einen Durchsuchungsbefehl?"

„Wir haben das!", erwiderte der Beamte und zeigte auf die Päckchen vom Tisch.

„Wir sind keine Fixer!", bemerkte er verstimmt und seine Blicke streiften einen nach dem anderen.

„Das wird die Kommission, die sich mit solchen Sachen beschäftigt, bestimmen. Wir tun nur unseren Job!"

„Sehen wir wie Drogenhändler aus, Herr Polizist?", intervenierte auch Clou verärgert. „Ich glaube Sie haben die Adresse verfehlt. Wer hat Sie hierher geleitet?"

„Wollt ihr das wirklich wissen?", sagte der Jüngere, der die Päckchen inzwischen in seiner Tasche verstaut hatte. „Von mir werdet ihr kein Wörtchen erfahren! Wir haben euch auf frischer Tat erwischt. Es hat keinen Sinn Reden zu halten, die wir uns ersparen können, - für später, Jungs! Los...folgt uns bitte!"

„Wissen Sie eigentlich, wer mein Vater ist, meine Herren?", drohte das Mädchen, als sie sah, dass es aus diesem Schlamassel keinen Ausweg gab.

„Wollen Sie was wissen, Fräulein, das geht uns kaum was an!"

Rolf hob hilflos die Achseln und sah unschuldig drein. Clou versuchte es noch einmal:

„Wir sind nicht abhängig, glauben Sie uns! Wir haben nichts weiter, als eine geraucht, das ist alles!"

„Das mag sein, aber Sie müssen uns trotzdem aufs Revier begleiten! Das sagen die Regeln und die Gesetze unseres Landes. Das wäre eins, der zweite Grund dieser Festnahme wäre jener Typ da, der nicht gerade so scheinheilig ist, wie er sich gibt. Herr Rolf C. ist einer unserer alten Kunden."

Das Pärchen sah sich erstaunt an.

„Los jetzt! Den Rest klären wir dann am Revier."

Die drei gingen voraus und ein Polizist, der draußen gewartet hatte, - so als ob alles vorher abgesprochen gewesen war - öffnete ihnen mit einem amüsierten Lächeln die Tür. Im Hof, wartete ein olivfarbener Audi 80 mit abgeschalteter Sirene und ein VW-Bus, der nahe daneben stand. Sie nahmen auf den Hintersitzen Platz, wo sie ein neuer Beamter erwartete, der genauso lächelte. Sie mussten

Schweigen bewahren. Nach zehn Minuten etwa, hielt der Wagen im Inneren eines runden Gebäudehofes und die drei wurden in den Flur im Erdgeschoss des Polizeireviers Nr. 1 gebracht. Die Daten, die der diensthabende Beamte wissen wollte, beschränkten sich auf einige Auskünfte, die Identität und gegenwärtige Adresse der Studenten betreffend, als auch Beruf und Arbeitsstelle der Eltern, usw. Nach Zusammenstellung der Daten, die in aller Ruhe verlaufen war, wurden die drei der Reihe nach verhört: danach nahmen sie wieder auf der Bank im Warteraum Platz. Dem Mädchen wurde erlaubt mit den Eltern zu telefonieren. Der Vater war gerade bei einer Tagung in Stuttgart, aber sie lehnte ab und begründete, dass sie ihnen nichts mitzuteilen habe. Dagegen wollte sie wissen:

„Was wird jetzt mit uns geschehen?"

„Nichts, Fräulein Vogt. Wir warten auf die Hinweise des Diensthabenden Vorgesetzter."

Zwei Stunden verstrichen, ohne dass etwas passierte. Gegen 23.00 Uhr  kam endlich ein Polizist der Nachtwache und verkündete:

„Sie sind frei, Fräulein! Aber Ihre beiden Freunde müssen wir bis morgen früh festhalten!"

„Aber warum? Lucino Passielo ist genauso wenig schuldig wie ich! Warum habe ich nur die Erlaubnis zu gehen? Antworten sie mir, bitte!"

„Bis zum nächsten Verhör kann ich Ihnen nichts Genaues sagen. Entschuldigen Sie mich, bitte!"

Er wollte schon gehen, da drehte er sich nochmal um und erinnerte:

„Unser Kollege an der Tür hat ein Taxt für Sie bestellt. Sie können damit fahren wohin sie wollen!"

„Ich verlasse diesen Ort nicht ohne meinen Freund!", widersprach sie entschlossen und drückte dabei Lucinos Hand ganz fest.

„Ich wiederhole, Fräulein Vogt......"

„Frau!", unterbrach sie wütend.

„Gut....also, Frau! Sie stehen unnötig hierrum, Ihr Freund wird gezwungen sein die Nacht hier bei uns zu verbringen, genauso wie Herr Collman auch! Bitte, bestehen Sie nicht weiter darauf!"

Clothilde sah ihn mit Abscheu an. Während sich dieser im Korridor entfernte, wandte sie verächtlich ein:

„Die vergraben sich ja, in ihrer eigenen idiotischen Bürokratie, die die scheißklugen Politiker, mein Vater voran, erfunden haben. Das ist ja, wirklich zum Kotzen!" Lucino setzte eine passive Miene auf:

„Ich glaube, heute Nacht gibt`s nichts mehr zu machen. Geh`nach Hause. Bitte, da sind die Schlüssel. Du bist zweifellos müde!"

„Und du?"

„Ich muss hier bleiben, wie du es gehört hast! Mir wird schon nichts passieren, sei unbesorgt! Nicht wahr, mein lieber Rolf?"

Dieser schweigend, guckte sich jetzt irgendein Prospekt, von einem Tisch an.

„Glaubst du, dass Rolf in dieser Affäre verwickelt ist?"

„Er ist der einzige, der von unserem Treffen in der Bella Roma eine Ahnung hatte. *Verro amico mio?* Nicht wahr, mein Freundchen?"

„Möglicherweise hat mich die Polizei verfolgt, als ich den Stoff besorgte, dann weiter bis zu euch, wie es bei denen üblich ist."

„Aber die Tür unten, die Tür....hast du sie nicht etwa absichtlich offen gelassen?", grübelte Lucino und sein Blick streifte den Studenten von oben bis unten.

„Ja, Rolf, jetzt fällt es mir wie Schuppen von den Augen, die Tür schließt sich doch von selbst."

„Es konnte sich irgendwas in die Türspalte geklemmt haben, keine Ahnung! Hört endlich mit dem Quatsch auf! Wollt ihr den Sherlock Holmes spielen? Das zieht bei mir nicht, O.K.?"

Er kehrte ihnen den Rücken zu und steckte sich eine Zigarette aus der bekannten Tabakdose an, die er immer noch besaß. Lucino warf ihm einen gleichgültigen Blick zu und wandte sich dann, wieder an Sie:

„Geh' heim, Clou! Komm morgen noch mal, wenn du möchtest! Dann erfahren wir sich mehr als heute!"

„Also gut, Liebling, aber morgen zu früher Morgenstunde wirst du von mir hören."

Sie erhob sich nachdem sie seine Hand als Zeichen des Abschieds gedrückt hatte, dann fragte sie nach dem bestellten Taxi. Ein Wachmeister mit

Armbandrolle zeigte in eine Richtung und begleitete sie heiter bis zum Ausgang. Dort wartete wirklich ein Taxifahrer wie erwähnt, dazu noch ein höchst ungeduldiger. Das Mädchen stieg ein, einen leisen Dank über die Lippen flüsternd, und nannte die Adresse des Italienischen Lokals. Der beige Toyota fuhr schrittweise los, machte sich einen Weg zwischen den parkenden Streifenwagen, und verlor sich dann mühelos in den, zu dieser Zeit fast leeren Straßen.

*

„Hallo? Spreche ich mit der Polizei des Reviers Nr.1?"

„Ja, Fräulein! Womit kann ich Ihnen helfen?", antwortete die Stimme am anderen Ende der Leitung.

„Ich möchte mich über das Schicksal eines ihrer verdächtig Verhafteten informieren! Wir wurden gestern Abend zusammen von einigen Ihrer Kollegen festgenommen!"

„Spreche ich mit Fräulein Vogt, Clothilde Vogt?"

„Ja, das bin ich."

„Im Falle Ihres Freundes kann ich Ihnen noch keine genaue Information erteilen. Kommissar Hoffman arbeitet gerade an der Aufklärung der gestern gegen 20.25 Uhr, in Passielos Pizzeria, geschehenden Ereignisse! Sie sprechen mit einem der vier

Polizisten, die Ihre Aussage für die Untersuchung entgegen genommen haben."

„Wann kann ich denn mit meinem Freund sprechen?", fragte Clou beunruhigt, ohne zu wissen warum.

„Nachdem mein Kollege seine Arbeit beendet hat, er ist noch nicht fertig! Lassen Sie Ihre Telefonnummer, damit Herr Passielo anrufen kann, sofern er das möchte."

„Tut mir leid aber ich rufe gerade von seinem Haus an."

„Ach so! Entschuldigen Sie dann den Irrtum. Ich dachte Sie wohnen, anderswo."

„Macht nix, ich bin Irrtümer gewohnt. Ich hoffe, dass diese stupide Sache bald eine vorteilhafte Lösung findet. Ich habe Ihnen gestern schon gesagt, Sie haben die Falschen verhaftet. Bis gestern Abend hatten wir zu diesem Rolf Collman keinen gemeinsamen Kontakt gehabt. Er ist nur ein ehemaliger Schulkollege."

„Sicherlich, Fräulein Vogt! Das steht alles in der Berichterstattung des Personals. Hören Sie jetzt aber auch auf einen guten Rat. Lassen Sie die Tatsachen von selbst rollen, und verzweifeln Sie nicht unnötig. Ihr Freund wird hier rauskommen, wenn er mit diesem Kerl da nichts zu tun hatte."

„Hat er Ihnen gesagt, Sie sollen ihn im Haus der Bella Roma aufsuchen?"

„In dieser Hinsicht bin ich genauso wenig informiert wie Sie!"

„Danke, dann!"

„Gern geschehen, Fräulein. Einen Moment noch. Ich habe hier einen Zettel liegen, wo darauf geschrieben steht, Sie sollen mit Ihrem Vater sofort Verbindung aufnehmen. Da heißt es, Sie sollen ihn am besten zu Hause anrufen, so schnell wie möglich!"
„Vielen Dank."

Sie legte auf und besann sich einen Augenblick eh sie die gutbekannte Nummer wählte, aber sie vermied es den Hörer abzuheben. Die digitale Uhr im Wohnzimmer zeigte 8.00 AM an. Sie bereitete sich in Eile das Frühstück vor, trank noch eine Tasse starken Kaffee, und verließ dann das Lokal über die Kastanienalle, bis zur Garage. Sie stieg in den Citroen CV 6 und fuhr dann auf die Autobahn Richtung Norden, an dem Industriegebiet vorbei. Nach einer halben Stunde Fahrt hielt der Wagen auf dem Parkplatz vor der Villa des Abgeordneten und sie schritt zum Eingang, sicher und selbstbewusst wie immer. Eine junge Frau, die sich im Flur des Hauses beschäftigte, öffnete und fragte neugierig, indem sie das Staubtuch beiseitelegte:
„Wen wünschen Sie zu sprechen?"

„Ich bin Clothilde Vogt!", antwortete diese, während sie die Tür weit aufstieß und die Bedienstete perplex am Eingang stehen ließ. Sie rannte die Treppen hinauf und klopfte atemlos an die Tür der Bibliothek in der sie wusste, dass ihr Vater den Großteil seiner Freizeit verbrachte. Ihre Vermutung bestätigte sich auch, denn eine ruhige Männerstimme bat sie einzutreten. Sie sah ihn aus einem Lexikon lesen und grüßte auf ihre Art:

„*Bonjour, Papa,* wie geht's dir? Störe ich etwa?"

„Sieh mal an!", staunte Vogt, und legte das Buch beiseite. „Ich hätte nicht vermutet, dass du höchstpersönlich kommst. Aber lassen wir das. Mir wurde gesagt, dass ihr wegen irgendeinen Drogendelikt geschnappt wurdet. Wie wahr ist diese Story meine Liebste, kannst du mir mehr darüber sagen? So viel ich weiß, war dir das Drogenproblem fremd, - ein Milieu, in das du dein leichtsinniges Köpfchen mit Sicherheit nicht reingesteckt hattest!"

„Tut mir leid dich zu enttäuschen, Papa, aber da hast du wieder Unrecht! Ich bin kaum in ein Drogenproblem, wie du es sagst, verwickelt, und das gilt auch für meinen Freund. Ein Kollege von mir, hat das Zeug ohne dass wir es wussten mitgebracht, und die Polizei hat den ganzen Schinken gerochen! Von dem Kokain hatten wir keine Ahnung, das kannst du mir glauben. Oder glaube, was du willst."

„Ja, gut...kann sein! Mir wurde aber im Laufe des heutigen Tages mitgeteilt, dass dein teurer Freund, dieser Passielo, gar nicht so sauber ist, wie du ihn mir beschreibst! Er wurde geschnappt, als er Marihuana rauchte, mein Schatz. Außerdem war noch dieses verdammte Narkotikum im Hause, im gleichen Zimmer. Dies ist alles strafbar und kann ohne Zweifel sein Leumundszeugnis schwer belasten. Ist dir das klar?"

„Da steckt meine Dummheit drin, Papa! Ich habe ihn dazu überredet.Wir haben zusammen dieses Gras geraucht, ich bin genau so schuld! Tja, dar wär's."

„Interessant! So ein Schuldbekenntnis kommt natürlich viel zu spät. Du hättest das alles früher denken müssen! Der Drogenhandel ist verboten, *ma chérie,* wusstest du das nicht? Dein Freund, dein viel geliebter Freund, hat jetzt die Chance einige Jahre seines Daseins im Knast zu verbringen! Natürlich, wegen illegalen Drogenbesitzes, oder Handels wie auch immer! Na, was sagst du dazu?"

„Aber ich deutete doch an, dass er mit dieser Sache nichts zu tun hat. Collman hat das Zeug ins Zimmer gebracht, nicht er...! Dieser kann es ja bezeugen, wenn es sein muss!"

Vogt legte seine Brille auf den Tisch und sagte:
„Collman hat schon ausgesagt! Er erklärte, dass ihr die Menge Pulver, bestellt hättet!"

„Er ist ein Lügner, wenn er sowas Unverschämtes behauptet! Das ist eine gottverdammte Lüge!"

„Jedenfalls sagt er das! Der Sohn dieses Wirten wird höchstwahrscheinlich wieder an einem Prozess teilnehmen, so wie ich Vogt heiße. Die Aussage des Studenten Collman ist schwerwiegend für ihn, seine Lage ist alles andere als rosig. Hättest du an das alles nur schon vorher gedacht!"

Sie sah ihn autoritär an:
„Aber du, Papa....hast du in dieser Sache kein Wort zu sagen?"

„Unsere politische Macht, mein Kleines, kann sich in die Angelegenheiten der Justiz nicht einmischen! Ich hoffe, du kannst meine Position gut verstehen!"

„Ich kann es wie jeder andere begreifen, ich kann begreifen, dass du den Jungen nicht magst, nicht leidest, aber dass du ihn solch miserablen Verleumdungen zur Last wirfst, das hätte ich dir trotzallem nie zugetraut! Adio dann, Papa."

„Wohin willst du? Deine Mutter will noch mit dir sprechen! Du warst seit Monaten nicht mehr zu Hause. Was ist nur los mit dir, mein Engelchen? Hat dir dieser Italiener so arg den Kopf verdreht?"

„*Oui*, Papa! Ihr wollt aus ihm wieder eine Art „*Cheval de bataille*" machen, wie damals! Aber diesmal ist es anders, denn ich bin erwachsen! *Oui,* ich werde gegen euch kämpfen, wenn es sein muss, denn ich liebe ihm mehr als alles andere! Kapiert?"

„Sei nicht unerträglich, Clothilde! Sieh mal, du vergisst diesen jungen Mann und ich werde ihn noch heute aus diesem Dreck rauskriegen! Ich bin bereit dieses Opfer für dich zu bringen, obwohl es mir nach all dem Geschehenen schwerfällt! Aber du musst dich auch bereit zeigen...."

„Nein, denk bloß nicht an sowas! Deine Hamlet Rolle passt nicht in dein Kostüm! Glaubst du ich lasse mich so hinterhältig erpressen? Gerade deswegen nicht! Ich hoffte noch einen Funken Liebe bei dir zu finden, Papa, aber da habe ich mich auch diesmal geirrt!"

Sie entfernte sich entschlossen von der erstarrten Gestalt ihres Vaters und schlug die Tür der Bibliothek hinter sich mit voller Wut zu. In der Diele traf sie ihre Mutter, aber sie ging an ihr vorbei, ohne sie zu sehen, ohne sie zu beachten. *Madame* Vogt streckte die Hand zu ihr aus und rief:

„Clou...Clou...*ma chérie!*"

„Spar dir deine theatralische Begabung, Mama! Lass mich zufrieden."

Sie öffnete rasch die Wagentür und fuhr wie eine Furie davon, ohne ihr nur einen Gnadenblick zu schenken.


Gegen 12.00 Uhr erreichte sie die Stadt und aß zu Mittag in einem bescheidenen Kleinrestaurant neben dem Rathaus. Als dessen astronomische Uhr Punkt 13.00 schlug, machte sie sich auf dem Weg zum Polizeirevier, wo sie sich in der Eingangshalle an den Wachtmeister wandte:

„Ich möchte Herrn Passielo sprechen! Lucino Passielo! Er ist hier am Revier festgenommen. Ich bin Clothilde Vogt, seine Freundin, von gestern Abend!"

Der Mann in Uniform trat aus der Glaskabine, in der er seinen Dienst verübte, und verschwand in einem der Gänge ohne deutliches zu sagen; genauso, unexpressiv wie er gegangen war, kehrte er auch wieder zurück:

„Herr Passielo befindet sich nicht mehr bei uns! Er wurde dem Haftdienst überreicht! Sie können ihn dort aufsuchen. Sprechtage gibt's dort soviel ich weiß, nur samstags und sonntags ab 16 Uhr!"

Sie sah ihn fassungslos an, ohne zu wissen, was sie zu dieser Nachricht sagen sollte: „Aber wieso, und...und.... warum wurde er in ein Gefängnis gebracht?", stotterte sie, während sie ihre kleine Handtasche ununterbrochen besorgt in den Händen drehte.

„So wurde es mir mitgeteilt. Der Angeklagte Passielo wurde des illegalen Drogenbesitzes beschuldigt. Seine Gerichtsverhandlung beginnt im Laufe der nächsten Woche, beim zuständigen Strafkammer vermute ich. So sieht's aus."

Clothilde verließ das Polizeigebäude und kehrte heim von wo sie sofort das Ausland anrief. Die Familie Passielo hatte ihr die Adresse und Telefonummer in Rom hinterlassen. Sie goss sich ein ziemlich großes Glas halb voll mit Gin und warf einigen Eiswürfeln in die klare Flüssigkeit, wobei das Glas sogleich Wasserperlen ansetzte. Nach dem Ferngespräch hörte sie jemanden an der Tür des Salons läuten. Sie lief dorthin und öffnete - es war Rolf.

„Ach...du?", murmelte sie überrascht. „Haben sie dich laufen lassen?"

„Ja, wenigstens für den Moment. Ich bin hierhergeeilt, um dir mein Benehmen zu erklären, die ganze Geschichte mit dem Stoff."

„Wie konntest du sowas behaupten? So eine Lüge!"

„Vielleicht wär's besser, wenn ich jetzt die Klappe halten wurde, aber eine Story bin ich dir schuldig."

„Schieß los, denn ich habe keine Zeit!", drängte sie ungeduldig weiter.

„Okay. Aber lass mich rein ins Haus, oder sollen uns alle von der Straße zuhören?"

„Das nicht mal im Traum, nach all dem was gestern geschehen ist! Was hast du mir zu sagen, mach schnell.."

„Ich möchte dir einiges über diese Anschuldigung und über die kleine Konspiration, die damit verbunden ist, erzählen."

„Was für eine Konspiration, sag mal, spinnst du? Bist du *high*?"

„Nee! Es ist ein Kuriosum, das ist dir nur unter vier Augen sagen kann!"

„Nein Rolf, tut mir leid, du hast uns schon zu viel angetan, mir und Lucino.Ein neues Abenteuer werde ich nicht riskieren. Leb wohl."

Der Student steckte einen seiner ramponierten Sportschuhe in die Türöffnung und hielt im gleichen Augenblick die Klinke fest.

„Wenn ich gestehe, dass dein Vater diese Story auf dem Gewissen hat, würdest du mich dann einlassen?"

„Mein Alter?", fragte das Mädchen und vergaß die Tür zu schließen: „Was hat er mit Lucinos Verhaftung gemeinsam?"

„Lässt du mich rein?" Clou machte ihm Platz einzutreten und lud ihn an einen der leeren Tische neben der Theke.

„Schieß schon los, worauf wartest du noch?", drängte sie, auf einmal und schlich um ihn herum wie ein Käfigtiger.

„Lass mich erst eine Zigarette anstecken! Ich würde kein Wörtchen flüstern, wären wir nicht alte Freunde und hättest du mir nicht schon so oft aus der Patsche geholfen!"

„Ich verstehe deine Dankbarkeit, aber sie kommt leider zu spät. Du sagst, dass mein Alter da die Pfoten im Spiel hat?"

„So wahr ich hier vor dir stehe. Es ist klar, dass mich die Bullen gestern Abend bis vor euer *Ristorante* verfolgt und mir nachspioniert haben. Es wäre nicht das erste Mal. Bis jetzt habe ich sie fast immer ausgetrickst. Diesmal jedoch haben sie Erfolg mit dem Löffel geschöpft! Ich vermute, dass sie einen Dietrich an der Tür unten benutzt haben. Es ist die einzige glaubhafte Erklärung. Der Rest war für sie, wie du es weißt, nur ein Kinderspiel. Am Revier war ich so gut wie geliefert, denn sie hatten ja, schwerwiegende Beweise gegen mich. Dein Freund hätte zusammen mit dir aus der Haft rauskommen müssen, hätte ich inzwischen nicht einen Anruf von deinen Vater bekommen. Er sagte, wenn ich den

Italiener in den Dreck ziehe, verspricht er ein gutes Wort für mich bei dem Kommissar einzulegen, der diesen Fall bearbeitet. Den, kannte ich auch; ich habe für ihn eine Weile den Spitzel gespielt. Gewöhnlich hören die nicht auf solche Anweisungen, die aus dem Bereich der Politik kommen, aber leider war dieser Mann zufällig ein alter Bekannter deines Vaters, mit dem er wahrscheinlich früher in glänzender Beziehung stand. Das Pech des Jungen ist, dass sein Schicksal sich so gegen ihn stellte. Ich, Depp, habe ihm diesen Gefallen erwiesen und habe nun diesen, eigentlich sehr sympathischen, freundlichen Jungen, auf dem Gewissen."

„Hat dir Papa solchen Mist gesagt?", flüsterte sie ungläubig, sich eine Zigarette ansteckend.

„Wie erklärst du dir dann, dass ich hier bin und nicht in irgendeiner Zelle des Knastes verfaule?"

„Ich bin echt sprachlos! Wie konntest du nur so einen Scheiß bauen, Rolf? Hast du nicht daran gedacht, was das dem armen Lucino einbringt? Und mein Vater?! Ist das noch ein Vater, der solche schmutzige Gemeinheiten anstiftet? Du musst alles vor Gericht aussagen, Rolf, die ganze Geschichte - dass du als Versuchskaninchen benutzt und erpresst wurdest!"

„Moment mal! Meine schriftliche Aussage kann ich nicht zurücknehmen, das ist mehr als sinnlos. Selbst wenn sowas möglich wäre, würde niemand mir glauben, nicht mal ein Richter, der noch das Hirn am rechten Fleck hat."

„Akzeptierst du also, dass ein Unschuldiger an deiner Stelle bestraft wird? Bist du eigentlich noch derselbe R.C. den ich mal kannte?"

„Aber was konnte ich tun? Ich stand zwischen Hammer und Amboss, und wie du weißt, ich hasse den Knast, Clou! Ein Tag nur in so einer Zelle und ich werde wahnsinnig. Und dann brauche ich etwas zu rauchen, du weißt schon!"

„Das sieht gut mit dir aus, Rolf Collman, ein Schatten deiner selbst der bei jedem Stockhieb aufheult, ein Angsthase, ein Feigling ohne Mut und Courage."

In den Pupillen des jungen Studenten flammte ein Funken der Gegenwehr auf, der aber genauso schnell verlosch; sein Gesichtsausdruck nahm dann, den gleichen unbekümmerten Blick an, wie immer.

„Tut mir leid, Clou, tut mir leid...! Sicher möchte ich nicht, dass ein anderer für meine Fehler den Kopf hinhält, aber jetzt ist es ausgeschlossen die Dinge noch zu ändern. Ich hab' dir alles erzählt in der Hoffnung, dass ein Anruf von dir vieles korrigieren könnte!"

„Ich stehe mit meinem Alten auf der Messerschneide!", entgegnete sie, auf dem Stuhl, unruhig rutschend. „Und übrigens sehe ich nicht wie man deine Aussage verschwunden machen kann, so auf einmal! Es gibt genug Zeugen, die davon wissen. Nein....nein....! Meinen Vater rufe ich nicht mal im Traum an, aber eines Tages werde ich es ihm heimzahlen, auf meine Weise!"

„Du wirst doch nicht gegen ihn aussagen Clou, da warne ich dich, in diesem Falle bekommst du keine Unterstützung meinerseits. Der Skandal, den du da aufdecken würdest, wäre für deinen Vater fatal, und für mich nicht weniger!"

Das Mädchen dachte eine Weile nach, dann fragte sie plötzlich:
„Wirst du beim Prozess auch aufgerufen werden?"
„Natürlich nicht! Was glaubst du eigentlich?"
„Hast du vielleicht `ne Ahnung wie lange Luc absitzen muss, wenn er schuldig erklärt wird?"
„Nee, aber allzu lange hoffe ich nicht, abgesehen von all den Fakten. Deine Rolle in dieser Angelegenheit wird zweifellos mit Samthandschuhen behandelt werden, und wenn ich gut nachdenke, wird dein *Protegé* ziemlich billig davonkommen!"
„In dieser Hinsicht musst du dir keine Sorgen machen! Im Notfall schlage ich den Nagel gleich auf den Kopf."
„Jetzt gehe ich aber Clou, es tut mir wirklich leid um das alles.Wirst du mir jemals verzeihen?"
„Du bist zwar ein Schuft, Rolf, ein kleiner Verräter, doch ein angenehmer Typ, wenn man dich braucht! Und jetzt hau ab, bevor ich meine Meinung ändere!"

Der Student verließ das Gasthaus, aber das Mädchen lief noch schnell hinterher und fragte:
„Hast du schon versucht, eine Entziehungskur durchzumachen?"

106

„Du bist falsch informiert, Clou! Ich verkaufe nur die Ware."

Er verschwand dann um die Ecke des Gebäudes und ließ sie unschlüssig, ein bisschen verwirrt da stehen.

Lucino bekam anderthalb Monate - also 45 Tage nach der öffentlichen Verhandlung, aber er saß nur 14 davon ab. Bei seiner Freilassung wurde er von Clou und dem ganzen Familienclan erwartet, und nach hause begleitet - so, als hätte er 20 Jahre gefehlt und nicht 2 Wochen. Da es gerade Montag war, wurde das Ereignis bei einem Essen à la Italia gefeiert - mit Frutti di mare, Pasta und Saltibocca, alles mit rotem Wein und Likören begossen nach dem Geschmack der Frauen. Noch bevor die ersten Gläser gefüllt wurden und ihre übliche Runde machten, erinnerte der Patrone:

„Im Kreise deiner Familie zu sein ist das schönste, was man sich ausdenken kann! Ich habe den Schmuck mitgebracht, den du mich beauftragt hast, aus Rom zu kaufen, Lucino!"

„*Grazie,* Papa, es ist ganz sicher der passende Moment jetzt Gebrauch davon zu machen."

Der junge Mann, dem Vogts Tochter zur rechten saß, gab ihr einen Anstoß sich zu erheben, indem er sagte:

„Bring mir den Schmuck, Miguela! Hier ist es angebracht etwas zu erklären, denn meine Clothilde schwebt immer noch in Unwissenheit. Also gut, mein Ausgang aus dieser Hölle und mein Eintreffen in dieses Himmelreich muss so geehrt werden, wie es sich gehört. Bekomme ich eure volle Zustimmung und Unterstützung?"

„Si....si....!"‚ antwortete das kleine Nesthäkchen der Familie Passielo, und klatschte in die Hände.

„Nachdem ich die Approbation des Oberchefs bekommen habe, gebe ich hier vor allen bekannt, also.....sozusagen....meine Verlobung mit meiner viel geliebten *Signorina*, unsere Clou! *Il nostro angelo unico*! Mit eurem Segen, meine Lieben, wenn ihr erlaubt."

Diese, über beide Ohren errötend, murmelte überrascht:

„Schäm dich, Lucino, mich so lange warten zu lassen! Das habe ich wirklich nicht verdient!"

„Nimm ihm das nicht übel, *Signorina Clo* (so nannte sie der Patrone noch verkürzter). Diese Unhöflichkeit hat er nicht von uns geerbt, sondern von seinem Großvater, diesem alten Knacker, ein hochnäsiger und störrischer *Polifem*, *Capolimone* - Zitronenkopf!!"

„*Scusi* Papa, aber ich werde mir Mühe geben, mich zu ändern."


Miguela beglückwünschte beide, küsste sie auf die Wangen, dann gab sie ihnen das Etui mit den Ringen. Ihr Bruder nahm und öffnete es - darin lagen zwei Ringe, einer davon hatte einen Stein, ein lilablauer Saphir, auf dem die Initialen des Mädchens eingemeißelt waren. Er nahm diesen letzteren und steckte ihn ihr an den mittleren Finger mit den Worten:

„*Ti amo*, Clou, und ich hoffe, dass du das gleiche für mich empfindest."

Sie antwortete auf einmal schüchtern und guckte die Gabe würdig an:

„Ich liebe dich auch, Lucino, genau so sehr..!" Sie küssten sich ohne Vorbehalt vor aller Augen, was die Phantasie der Mama Rosalia anreizte:

„Sind sie nicht niedlich, Adamo? Wie Romeo und Julia vor Zeiten, beide jung und schön wie zwei wahre Engel."

„Da gehen wieder die Träume mit dir durch, Weib!", bemerkte der Wirt gutgelaunt. „So prächtig und stolz haben nicht mal die in Verona ausgesehen - mögen jene in Gnade ruhen! Aber warum steht ihr so steif wie Mumien herum? Du, Tonino, schau dir besser auf den Teller, du bist noch nicht alt genug, um Szenen für Erwachsene anzugaffen. Bedient euch doch...nehmt eine *Merenda,* bis die Suppe warm ist! Wir haben, *tre piatti, vino a volonta!* Drei Weinsorten stehen euch zur Verfügung!"

\*

Der Abend wurde nur den frisch Verlobten reserviert, die dann alleine ausgingen, um das Ereignis irgendwo in der Stadt zu feiern - nur zu zweit. Spät nach 24.00 Uhr kehrten sie zurück und

109

fanden zu ihrem Erstaunen im Lokal der Familie Passielo noch Licht:

„Mama und Papa sind noch nicht zu Bett gegangen!", bemerkte Lucino ein wenig überrascht, nach dem er das Auto vor der Garage anhielt.

„Vielleicht warten sie auf unsere Rückkehr!"

„Kaum möglich, morgen ist ja, Arbeitstag!"

Sich der Eingangstür der Gaststätte nähernd, entdeckten sie eine große Unordnung, Zerstörung die fast in jeder Ecke des Gebäudes herrschte, so als ob ein Einbruch stattgefunden hätte. Das dicke Kristallglas der Tür lag in Splittern auf dem *Trottoir*, genauso wie ein paar eingeschlagene Fensterscheiben. Lucino passierte die zertrümmerte Tür und lief die Treppen von Emotionen erregt, hinauf.

„Was war hier los?", fragte er schnaubend seine Schwester, die gerade aus dem *Appartement* des Patrone kam.

„Ach, eine Katastrophe Lucino. Eine Rauferbande, einige Lümmel, haben mit Steinen geworfen und draußen fürchterlichen Krach verursacht."

„Sind sie auch ins Haus eingedrungen?", erkundigte sich dieser wie versteinert.

„Nein, das hätte noch gefehlt! Aber sie haben mit Knallkörpern und Molotow-Cocktails durch die Fenster geworfen und Mama steht noch unter einem starken Schock!"

„Ist jemand verletzt?"

„Glücklicherweise, nein." Lucino betrat das Zimmer der Eltern und fand den Gastwirt vor dem Ehebett stehen, gerade dabei einige kalte Umschläge auf die Stirn seiner Frau zu pressen, die ächzend im Bett lag.

„Mama...Mama..! Was ist geschehen? Bist du in Ordnung?"

*Donna* Rosalia hob den Kopf vom Kissen, wo sie ruhte, und versicherte ihm augenblicklich:

„Ist schon vorbei, Lucino!" Passielo kehrte sich zu seinem Sohn und begann zu erzählen:

„Diese Halunken...eine Bande von Halunken! Die waren dabei unser Haus anzustecken, hätte deine Mutter nicht sogleich die Flammen erstickt, die angeflattert waren."

„Habt ihr inzwischen die Polizei verständigt?"

„Ja, ich glaube Miguela hat sich nicht verwählt."

„Wann ist diese Geschichte passiert?"

„Kurz bevor ihr kamt. Wäret ihr etwas früher eingetroffen, so hättet ihr noch das Kennzeichen des Autos erkannt, das diese tollwütigen Schufte gefahren haben."

„Besser, dass sie jetzt erst gekommen sind, Adamo. Hätten sie diese begegnet, wer weiß was ihnen dann noch zugestoßen wäre, ein Unheil wahrscheinlich."

„Bist du sicher, dass es dir gut geht, Mama?", interessierte sich der Sohn noch besorgt.

„*Si,* Lucino, sei beruhigt! Geh' lieber und kümmere dich um Miguela, Tonino. Deine Schwester hat scheinbar einen dieser Ganoven erkannt. Gleich muss auch die Polizei hier sein."

Lucino ging aus dem Schlafzimmer, um Miguela zu suchen. Diese unterhielt sich gerade mit Clou.

„Miguela, Miguela! Papa sagte, du hättest einen dieser Hooligans erkannt. Kannst du ihn wircklich identifizieren?"

„Ich weiß nicht genau, aber mir war so als ob ich diesen Raimund gesehen habe. Sein Gesicht habe ich immer noch in Erinnerung!"

„Raimund? Bist du sicher?"

„*Si*, Lucino!"

Dieser sah jetzt Clou an:

„Glaubst du, dass Ray das wagen würde?"

„Wahrscheinlich war er wieder betrunken!", meinte die frischgebackene Verlobte.

„Und die anderen? Wo kann er sie aufgetrieben haben?"

„Ray kennt einige Skins in der Stadt. Möglich, dass er sich mit denen zusammengetan hat! Wenn die so richtig in Schwung kommen, dann ist der Teufel los. Die meisten sind Mitglieder irgendeiner neonazistischen Organisation: sie hassen alles was nicht deutsch ist, alles was fremd ist, jeden Ausländer!"

„Liebes Schwesterherz, bist du davon überzeugt, dass es Ray war und nicht einer, der ihm nur ähnlich sah? In wenigen Minuten wird die Polizei da sein und die wollen immer ganz genaue Aussagen."

112

„Ich bin jetzt hundertprozentig sicher! Ich kann dafür die Hand ins Feuer legen, dass er es war! Die anderen Typen hatten Strumpfmasken über dem Gesicht, er hatte aber keine, weiß nicht warum! Sogar den kleinen Ring in seinem linken Ohr habe ich erkannt. Es ist doch wichtig, dass ich ihn gesehen habe, nicht wahr?!", fragte das Mädchen erregt.

„Selbstverständlich, *sorella mia!* Wenn die Polizei kommt, sage ihnen genau das, was du mir eben erzählt hast. Wo steckt Tonino?"

„Ich habe ihn in sein Zimmer schlafen gelegt. Morgen hat er ja Unterricht!"

„Das hast du gut gemacht, geh jetzt und kümmere dich um Mama. Nachdem die Polizei da ist, werde ich dich rufen."

Miguela machte sich auf den Weg und die beiden Verlobten blieben allein unter vier Augen.

„Hast du 'ne Ahnung wo diese Nazis stecken?"

„Ich habe irgend etwas von Blaustein gehört. An eine Adresse kann ich mich nicht erinnern. Du willst doch die Bullen da hinlocken, nicht wahr?"

„Es ist die einzige Möglichkeit ihnen auf die Spur zu kommen und zukünftigen Schweinereien ein Ende zu setzen. Mama hätte fast einen Herzinfarkt dadurch erlitten."

„Einverstanden, Luc! Ich komme auch mit!"

„Du willst, dass dieser Irre erfährt, wer ihn der Polizei ausgeliefert hat?"

„Ja, Luc! Er soll mit eigener Visage sehen, wem er das zu verdanken hat. Ich möchte, dass sein unverantwortlicher Vater endlich erkennt, wer sein Sohn ist. Und mein Alter auch, soll's auch wissen."

„Er wird der strafenden Hand des Gesetztes wieder entgehen, so wie das letzte Mal! Natürlich, wenn er nicht selbst bekennt, was er getan hat. Miguela glaubt keiner, man würde sagen, sie wolle sich nur rächen."

„Mag sein, aber die Polizei kann sie gleich einkesseln, mit einer wirksamen Action. Sollte sich Ray in Blaustein aufhalten, dann ist er wie ausgeliefert!"

In demselben Augenblick hörte man in der Ferne eine Sirene durch die Nacht heulen und in wenigen Sekunden bog ein grüner Streifenwagen in den Hof des *Ristorante* ein - aus ihm stiegen zwei uniformierte Polizisten.

Clou berichtete kurz das Geschehene und gab ihnen eine vermutliche Adresse. Einer der beiden ging ins Haus, und der andere machte den jungen Leuten Zeichen in den parkenden VW zu steigen. Von Ulm bis Blaustein, waren es nur ein paar Kilometer. Nach etwa zehn Minuten kamen sie schon an dem Namensschild der kleinen Ortschaft vorbei. Das Mädchen erläuterte:

„Der Ort, wo diese Skinheads sich treffen, muss soviel ich gehört habe, in der Nähe des Bahnhofs liegen, es könnte ein Lokal mit einem komischen

Namen sein...Schwarz....Schwarzer Brenner, aber ich bin mir nicht ganz sicher."

„Schwarzbrenner, das ist gewiss mit drin! Im vergangenen Jahr hatten wir da auch einen Fall!", sagte der Beamte und trat nochmal aufs Gaspedal.

„Jetzt fällt mir auch der Name der Gruppe ein. Ein Nest von Motorradfahrern, die sich Blue Monday nennen. Oft versammeln sich dort allerhand zwielichtige Elemente, oder Rechtsextremisten aus der Gegend."

Sie fuhren direkt zum Bahnhof, wo sie aber keine Menschenseele fanden.

„Vielleicht sind sie noch im Gasthof!"

„Zu dieser Stunde, Herr Polizeibeamter?", entgegnete Clou skeptisch.

„Ich weiß, dass einer von ihnen der Sohn oder Freund der Gastwirtin ist! Hoffentlich haben wir Glück!"

Wie erwartet war die Tür verschlossen, aber von oben aus dem ersten Stock hörte man lautes Grölen von Betrunkenen, Diskussionen geführt mit erhobenen Stimmen, zerschellte Gläser.

„Mein Eindruck ist, dass wir gerade richtig kommen, die tobende Bande ist zweifellos oben. Bevor ich läute, werde ich noch einige Kollegen aus dem Ort benachrichtigen."

Er nahm zwei Handschellen aus seiner Uniformtasche und kettete damit alle vier vor dem Gasthof stehenden Motorräder aneinander mit der Bemerkung:

„So haben einige von denen keine Chance zu fliehen!"

Er holte sein Funkgerät aus seinem Wagen und flüsterte ein paar, kaum hörbare Worte hinein. Zu den zwei zurückgekehrt, fuhr er fort:

„In wenigen Minuten wird die nötige Verstärkung da sein! Wir können so, die gesamte Bande schnappen."

„Wichtig ist es diesen Veva zu fassen!", gestand Lucino einen konspirativen Blick auf Vogts Tochter werfend: „Er ist derjenige, der diese Rowdies aufgehetzt hat unser Lokal anzuzünden."

„Kann möglich sein. Ich habe von dem Prozess mit Ihrer Schwester gehört. Sollten Sie sich jedoch täuschen und dieser Veva ist nicht hier, dann können wir Unannehmlichkeiten kriegen! Aber daran haben Sie sicherlich gedacht...Wir haben sozusagen keinerlei Beweise zur Hand außer Ihrer Schwester."

„Sie können beruhigt sein. Sie irrt sich nicht! Nur sollte dieser Bursche nicht schon untergetaucht sein."

„Nach dem Krach da oben, glaube ich es kaum!", sagte auch Clothilde auf ihren inneren Instinkt gehorchend.

Nach einiger Zeit erschien ein VW Bus, der sofort neben dem Streifenwagen anhielt - die hintere Tür öffnete sich und vier bewaffnete Polizisten stiegen aus dem Bus aus und postierten sich neben den Gebäudeeingang. Nach einer kurzen Beratung verschwanden zwei von ihnen in der Dunkelheit, wahrscheinlich um das Haus von seiner Hinterseite her zu sichern. Der erste Polizist drückte auf den Klingelknopf und wartete geduldig auf eine Antwort. Von oben rührte sich nichts, aber es wurde plötzlich Still und ein Kopf schaute aus einem Fenster: „Die Bullen, Jungs!", hörte man von drinnen.

„Öffnet die Tür und leistet keinen Widerstand!", rief eine Stimme von unten.

„Wir wissen von dem Einbruch in der Stadt und müssen euch alle festnehmen! Kommt raus und verhaltet euch normal!"

Das Fenster wurde geräuschvoll zugeschlagen, und dann herrschte wieder Ruhe.

Nach einiger Zeit bemerkte jemand von drüben:

„Wir feiern gerade den Geburtstag unseres Freundes. Wir wissen nichts von einem Einbruch in der Stadt! Ein Witzbold hat Sie klar reingelegt."

„Keineswegs! Ihr dürft euch im gesetzlichen Rahmen verteidigen. Kommt jetzt alle da raus, einer nach dem anderen, so dass wir eine Übersicht haben."

Als Antwort flogen ihnen ein paar leere Bierflaschen entgegen, die auf dem Trottoir zersplitterten. Das veranlasste die Beamten sich in Verteidigungsstellung zu halten. Jemand schrie durch das feindselige Stimmengewirr, die Vandalismen zu beenden, und der setzte sich auch durch.

„Wir kommen nach unten aber, ich mache Sie aufmerksam, dass keiner von uns bewaffnet ist."

„Gut, einer nach dem anderen!"

Es dauerte nicht lange, da kamen einige kahlgeschorene Skins raus, die sich taumelnd vor Trunkenheit voranbewegten. Unter ihnen war auch Veva - er war derjenige, der die Randalierer besänftigte. Er sah die beiden inmitten der Polizisten stehen, und zuckte mit der Schulter. Auf seinem Gesicht, das Lippenstiftspuren einer Frau aufwies, skizzierte sich ein breites, hasserfülltes Lächeln.

Die meisten waren noch sehr jung, so um die 16, - nur Raimund und noch zwei andere schienen etwas älter. Nachdem alle im Wagen untergebracht waren, kam der erste Polizist auf das verlobte Paar zu und fragte:

„Haben Sie unter diesen, den Mann gesehen, den Ihre Schwester beschrieben hat?"

„Ohne Zweifel! Veva ist einer von ihnen", antwortete Clou erleichtert, als ob ein Stein von ihrem Herzen gefallen war.

„Unter den Umständen ist es notwendig, dass auch sie uns aufs Polizeirevier folgen muss! Nach einer schriftlichen Aussage, ist sie dann frei, von all dem. Sie haben uns viel geholfen und wir sind Ihnen sehr dankbar. Kommen Sie jetzt, die Fahndung ist zu Ende."

Als die Zwei wieder zu Hause waren, begann es draußen schon hell zu werden. Einen Blick auf die

Uhr werfend, merkte Lucino, dass es kurz nach 4 Uhr morgens war.

*

Nach den unerfreulichen Zwischenfällen in der *Bella Roma,* nahm das friedliche Leben der Familie Passielo wieder seinen alltäglichen Lauf. So ging der Frühling vorbei, der Sommer....

Lucino bestand einen Teil der Prüfungen, und konzentrierte sich nur noch auf das Studium, das ihn schon als Jüngling angezogen und beschäftigt hatte - nämlich, die Kunstmalerei.

Clou schaffte es auch wie erwartet auf der Uni, und wartete ungeduldig, wie jeder erfolgreiche Student auf die Ferien. Lucino widmete sich nun, in seiner Freizeit auch dem Sport, - er spielte Handball in einem nahegelegenen Sportverein. Für einen Anfänger machte er mittlerweile sichtliche Fortschritte. Manchmal kam Clou, um ihm beim Spiel zu zuschauen, und war dann immer begeistert von der Geschicklichkeit mit der er einige seiner Gegner übertraf. Sie fand ihn in dieser für sie neuen Rolle als „sehr niedlich" (ihre eigenen Worte). Trotzdem verlor Lucinos Mannschaft die Qualifikation, im Herbst dann auch gleich einen lokalen Derby. Am Ausgang war Lucino niedergeschlagen wie nie zuvor, aber sicherlich nicht entmutigt. Als er von unweit seinen Namen hörte, zuckte er zusammen und drehte überrascht den Kopf; eine hochgewachsene Frau mit Mireille-Mathieu-Frisur machte auf sich aufmerksam mit der Frage:

„Lucino, Lucino Passielo?" Es war Clous Mutter - der Spieler erkannte sie sofort wieder, obwohl er sie bisher nur einmal in seinem Leben gesehen hatte. Sie ähnelten sich fantastisch.

„Si, signora Vogt?"

„Sie haben mich also so schnell wiedererkannt?"

„*Si,* letzten Endes ist das gar nicht so schwer!"

„Sie haben Recht! Clothilde und ich, wir sehen uns ja so ähnlich! Ist sie nicht hier?"

„Das hätte ich auch nicht gewünscht, *Madame!* Wir haben heute eine schwere Niederlage erlitten, damit kann sich niemand brüsten."

„Davon habe ich gehört. Haben Sie ein wenig Zeit für mich?"

„Ja, warum nicht. Wir haben ja, schließlich Ferien. Worum geht es?"

„Wollen wir nicht ein Stück mit dem Auto fahren?"

„Ich sehe kaum, um was für ein Auto es sich handeln könnte.", erwiderte der Junge nach allen Seiten blickend. „Ich bin mit dem Bus gekommen."

„Lucien wird gleich da sein."

„Lucien?"

„*Oui,* mein Chaffeur."

„Gibt es sowas auch in Deutschland? Hmm, ich dachte es ist nur eine Macke der Reichen jenseits des großen Teiches."

„Millionäre sind keine Entdeckung der Neuen Welt! Glücklicherweise gibt es noch genug in der Alten Welt, genug wenigstens, die noch an Ordnung und guten Sitten halten."

„Mir wurde gesagt, dass Sie eine dieser konservativen Persönlichkeiten seien."

„In gewisser Form, ja! Aber warten wir erst auf diesen schlafmützigen Lucien. *Mon Dieu*, heute bewegt er sich ganz träge!"

Aus einer der Seitenstraßen fuhr dennoch, langsam, diskret, fast geräuschlos ein Daimler vor. Die Dame machte dem Jungen Zeichen einzusteigen. Er nahm die Einladung mit einer gewissen Unschlüssigkeit an:

„Entschuldigen Sie mich, bitte!", begann er. „Ich rieche noch nach Schweiß. Ich hatte in der Halle keine exzellenten Duschmöglichkeiten, deshalb habe ich das Baden bis nach Hause aufgeschoben."

„Genieren Sie sich nicht unnötig! Ich verstehe das. Sprechen wir lieber über Clothilde und Sie. Eine Freundin von ihr sagte mir, dass ihr verlobt seid. Ist das wahr, ist es nicht nur ein Gerücht, Herr Passielo?"

„Nein, *Madame!* Clou und ich haben das Ereignis gleich nach meiner Freilassung gefeiert, es war wundervoll!"

„Davon bin ich informiert! Mein Mann hat mir irgendwas darüber erzählt. Wie geht's meiner lieben Clou? Ich habe sie seit einer Ewigkeit nicht mehr gesehen, wenn sie das wissen wollen!"

„Glauben Sie nicht, dass ich mich gegen Ihre Besuche stelle, im Gegenteil, ich habe immer versucht ihre Aufmerksamkeit auf Sie und Herrn Vogt zu lenken. Es ist mir aber kaum gelungen, trotz aller Bemühungen. Haben sie, versucht Verbindung mit ihr aufzunehmen? Ich meine persönlich."

„*Oui,* aber sie hat gleich den Hörer aufgelegt. Oder dann hat sie ein Zusammentreffen mit mir auf den Gängen der Uni vermieden, als ich sie besuchen wollte! Ist sowas nicht beschämend, Herr Passielo, ist das nicht beschämend?"

„Ich habe alles versucht, glauben Sie mir! Sie sollen nicht den Eindruck haben, dass ich mich ihrer Familie widersetzte, ich will sagen, ihren Eltern."

„Ich vermute, Sie meinen es ehrlich Ihrerseits, aber was hilft es, wenn unsere Tochter uns aus dem Wege geht."

Nachdem die Frau eine rebellierende Träne weggetupft hatte, die über ihre etwas auffällig gepuderte Wange gelaufen war, fuhr sie fort:

„Dass ein Mädchen mit seiner eigenen Mutter so umgeht! Haben Sie das noch erlebt? Es ist so erniedrigend, so unglaubwürdig..."

„Wenn ich Ihnen irgendwie helfen kann, dann bitte...sagen Sie's mir. Ich bin bereit zu helfen."

„Vielen Dank, Herr Passielo, *Très aimables*..wie immer! Schade, dass mein Mann Sie nicht leiden mag, er hat seine eigenen Prinzipien, von denen er nicht leichten Herzens ablässt."

„Tja....diese Prinzipien! Aber aus welchem Grund haben Sie mich eigentlich abgeholt? Wollen Sie mir etwas Bestimmtes mitteilen?"

Frau Vogt steckte ihr Taschentuch in die Handtasche und seufzte unregelmäßig:
„Ich möchte, dass sie Clothilde etwas von mir ausrichten. Mögen Sie mir behilflich sein, sie in den nächsten Tagen, an einem von ihr festgelegten Ort zu treffen?"
„Leicht zu machen, meinerseits! Ich helfe Ihnen gern, aber ich kenne meine Verlobte sehr gut, wenn es sich um familiäre Angelegenheiten handelt. Die Abneigung gegen ihrem Vater ist unvorstellbar! Was sie über Sie denkt kann ich nicht sagen, da wir fast nie darüber sprechen. Ich sehe deshalb wenig Hoffnung, dass sie Ihre Einladung annimmt. Ich werde es ihr trotzdem ausrichten und sie darum in Ihrem Namen bitten. Ist's so gut?"
„Ich bleibe in Ihrer Schuld! Und jetzt kommen wir auf Sie zurück, mein Lieber! Was haben Sie mit meiner Tochter vor? Sie möchten Clothilde heiraten, nicht wahr?"
„Meine Familie wird sich mir niemals in den Weg stellen *Madame*, sollten wir jemals heiraten. Aber Sie? Sind Sie auch einverstanden damit?"
„Jain! Ich möchte mit dir nicht auf Umwegen diskutieren, mein lieber Junge! Du scheinst ein sympathischer, guterzogener Kerl zu sein, aber es gibt da einige Hindernisse, die dagegen sprechen. Es wäre deshalb richtig die Sachen aus mehreren

Gesichtswinkeln zu betrachten. Clothilde ist längst volljährig und kann tun was sie will, sie ist frei zu heiraten mit oder ohne unserer Zustimmung, wie Sie auch wissen. Bis zu diesem Zeitpunkt, haben wir regelmäßig die Honorare und das Studium finanziert. Ich bezweifle aber, dass mein Mann in seiner ansteckenden Sturheit, dies auch weiterhin tut. Es ist uns allen bekannt, dass Clothilde von zu Hause weggelaufen ist. Ihre angeblichen Zeugnisse sind auch nicht gerade die besten, aber was soll's.....! Ich bleibe skeptisch in der Hinsicht, dass ein paar Hundert Mark, die sie vom Staat bekommt, reichen werden. Wenn sie nicht zurück nach Hause kommt, dann wird ihr Vater jede Unterstützung verweigern, die sie weiterbringen würde, sowohl moralisch, als auch finanziell. Ich könnte ihr beispielsweise helfen, aber Alfred würde das schnell herausfinden, mich ständig in Zukunft kontrollieren. Diese Gelegenheit der Genugtuung will ich ihm nicht geben, Verstehen Sie?!"

„Sie machen sich unnötige Sorgen, Frau Vogt! Clothilde braucht diese Hilfe, gar nicht! Ehrlich gesagt, geht es uns finanziell nicht gerade glänzend, aber es reicht. Außerdem packen meine Eltern uns noch unter die Arme, so dass wir es mit Leichtigkeit letztes Endes schaffen werden. Diese Situation wird sich kaum in Zukunft ändern, also... ist alles perfekt! Uns geht es sogar besser, als den meisten unserer Kollegen auf der Uni."

„Gewiss....Gewiss...! Clothilde ist aber mit viel mehr aufgewachsen und fordert viel mehr, als was Sie ihr bieten können. Ich verstehe auch ihre Zuneigung euch gegenüber...ihre Ideale, denen sie nachgelaufen ist, nach denen sie immer gestrebt hat - sie fühlte wenigstens immer so. Ihr Lebensstil mit dem sie verwöhnt worden ist, fehlt ihr ohne jeden Zweifel. So ein Leben ist nicht gut für sie, wenn sie mir glauben wollen. Ach, nein, Sie wollen das nicht! Ich sehe es gleich!", behauptete sie, als sie merkte, dass er verneinend den Kopf schüttelte.

„Das habe ich von Anfang an geahnt! Die Wahrheit ist, dass Sie mich ganz gut ins Zwielicht bringen. Auch Sie wünschen folglich, dass ich Ihre Tochter freigebe, mal anders ausgedrückt?"
„Verstehen Sie mich nicht falsch! Ich habe nur an eine kurze Trennung gedacht, nicht wie ihr Vater. Die Zeit würde dann beweisen, ob ihre Liebe auch wirklich so tief und aufrichtig ist, wie sie es uns denken lässt. Sehen Sie, seit ihrer Geburt war Clothilde schon immer ein prätentiöses, wechselhaftes Geschöpf und manchmal sogar grausam, undankbar mit den Männern, an die sie sich klammerte. Sie hatte eine Menge Freunde noch als sie die Schulbank des Gymnasiums drückte. Eine sogenannte Liaison hat aber bei ihr, kaum mehr als 2-3 Monate überlebt, - oder oftmals noch viel weniger. Dann hat sie sich wieder einen anderen eingehandelt, wieder und wieder..! Ich hoffe, Sie haben mir aufmerksam zugehört..."

„Ihre Worte klingen in meinen Ohren kalt und fremd. Sie machen den Eindruck ihr eigenes Kind entgleisen zu lassen. Möglich, dass Ihre Vergangenheit so war, wie Sie es behaupten, aber wir sind mehr als ein Jahr zusammen. Unabhängig von dem, was Sie sagen, bin ich sicher, dass Clothilde mich liebt und dass sich ihre Gefühle mir gegenüber auch weiterhin nicht ändern werden. Sie behandeln dieses Mädchen nicht gerecht. Obwohl Sie es nicht zugeben, sind Sie auch gegen mich. Ihr Charme ist trügerisch! Ich wünsche Ihnen weiter eine gute Fahrt! Lassen Sie mich bitte dort an der Haltestelle heraus!", schloss er kurz und plötzlich das Gespräch ab.

„Lucien, du hast den Wunsch des Herren gehört!", rief die Frau, seine Erregung bemerkend.

Der Wagen hielt, doch bevor sich der Junge zu Fuß weiter auf den Weg machte, steckte er den Kopf durch das Fenster und fügte hinzu:

„Ich will Ihnen nur sagen, dass ich mich in dieser stacheligen Familienangelegenheit neutral verhalte. Clothilde wird von Ihrem Wunsch hören. Sehen Sie, ich bin viel offenherziger als Sie, *Madame, Bonsoir...* "

Der Daimler fuhr langsam weiter und verschwand dann hinter der ersten Autoschlange. Lucino nahm den Bus, und zu Hause angekommen, fand er Clou an einem Winterpulli stricken. Er schien überrascht darüber, dass sie sich mit so einem Kram die Zeit totschlug.

„Ich habe nicht gewusst, dass du Handarbeitskursen nachgehst!"

„Eine Freundin hat mir das beigebracht, außerdem, hat mir auch deine Mutter einige Ratschläge gegeben. Sie ist eine geschickte Lehrerin, du Flegel! Übrigens, hast du schon gehört, wie viel Raimund bekommen hat?"

„Haben sie ihn schon verurteilt? Und sein Vater?"

„Er konnte den Gerichtshof gar nicht beeinflussen!"

„Das wundert mich, aber sprich weiter! Wie viel ist ihm verpasst worden?"

„Sechs Monate, nicht mehr und nicht weniger! Abgesehen von der vorherigen Verurteilung!"

„Kommt dir das so viel vor, Clou?"

„Keineswegs mein Schatz, wenn ich bedenke, dass du zwei Wochen unschuldig abgesessen hast! Der Typ hat viel mehr verdient, als ihm zugeschrieben wurde. Denke mal, was passiert wäre, wenn das Haus Feuer gefangen hätte!"

„Er war also so fair und hat die ganze Maskerade auffliegen lassen?"

„Ich weiß nicht, was er ausgesagt hat, aber in Blaustein wurde neonazistisches Propagandamaterial gefunden; Fahnen und all das Zeug, und was noch schlimmer ist, einige authentische Pistolen, Sprengstoff! Glücklicherweise hat man nirgends Munition für den Gebrauch der Waffen entdeckt, obwohl auch die Gaststätte, in der sie sich damals befanden, durchsucht wurde. Es waren

Militärwaffen und eine Untersuchung läuft jetzt schon, um herauszufinden welche Militäranstalt oder Arsenal sie vermisst. Ein richtiger Skandal!"

„Ich verstehe kaum, warum solche Gruppierungen nicht offiziell, gesetzlich verboten werden. Das geht mir gar nicht in den Kopf hinein, Ehrenwort!
So viel Dummheit habe ich nirgendwo gesehen oder gehört, echt!"
„Kommst gerade du, mit einer solchen Schnapsidee? Ihr mit eurem Terrorismus und mit euren erschreckenden Mafiosi!"
„Das sind nur einige Verbrecherbanden, denen die Carabinieri noch nicht das Handwerk gelegt haben. Aber das werden wir eines Tages auch noch erleben."
„Geschwätz....Leeres Geschwätz! Die Wahrheit ist, dass eure Banditen viel scharfsinniger sind als die Polizei, mehr Mumm in den Knochen haben als das ganze politische administrative System."
„Diese Typen sind keine Deppen, das ist klar! Sie sind jedenfalls grundverschieden als die deutsche Variante, diese Skins, die nichts in der Birne haben die, wie ihre Väter von glanzvollen Siegen träumten. Hitler Heil oder Ausländer Out schreien! Manche würden sagen, dass Dummheit wirklich ansteckend ist, ha.....ha....."
„Ich finde dein Lachen gar nicht amüsant!", ärgerte sich das Mädchen plötzlich.„Dein Humor ist deplatziert und sarkastisch."

„Findest du das? Es wäre gut, wenn wir uns von Zeit zu Zeit auch über Geschichte und Politik unterhalten würden, statt immer nur zu schmusen. Das könnte uns beiden gut tun!"

„Unsere Generation ist doch anders! Ich finde es nicht korrekt, dass sie für die Taten dieser hirnlosen Gespenster, verantwortlich gemacht werden soll...."

„Ich auch nicht, aber die Schande bleibt und wird auch wenn wir es nicht wollen, ewig das Volk bedrücken! Das ist pure Geschichte, meine Liebe!"

„Luc...bitte!", bettelte sie und legte das Strickzeug weg.

„Ich weiß, dass diese Art zu reden dir missfällt! Hab's mir gedacht!"

„Deine scharfe Moral passt nicht zwischen uns! Du bist heute sehr aufgebracht und ich weiß nicht weshalb", seufzte sie gekränkt mit gesenktem Gesicht den Tränen nahe.

Lucino näherte sich dem Platz wo sie saß, und küsste sie auf die Stirn, ihre Wangen streichelnd:

„*Scusi*, mein Mäuschen, aber deine Mama hat mich heute Nachmittag sehr in Rage gebracht!"

„Mutter? Was meinst du damit?", fragte sie und erhob ihr Gesicht konsterniert.

„Ich habe sie angetroffen. Wie du weißt, hatte ich heute das Spiel. Sie hat mich mit ihrem Wagen abgeholt und wir sind ein Stück zusammen gefahren."

„Worüber habt ihr euch unterhalten?", fuhr sie neugierig fort.

„Über uns im Allgemeinen, und da hat sie eine Bitte ausgesprochen, die ich dir überbringen soll. Sie möchte dich in den nächsten Tagen treffen. Du solltest sie am liebsten anrufen."

Clothilde blieb reserviert in Schweigen.

„Was hast du nun vor?"

„Darüber werde ich sorgfältig nachdenken, aber nicht jetzt! Sonst über noch was?"

„Über mehreres! Generell über unsere Verlobung, u.s.w. Nichts wichtiges!"

„Schien sie überrascht?"

„Ein wenig, ja!"


Das Mädchen kniete vor ihn hin und gestand ihrerseits:

„Luc...ich habe auch etwas, das ich dir verraten möchte! Ich habe darüber lange nachgedacht, ob ich es tun soll oder nicht."

„Ich bin ganz Ohr! Wie ein Papagei."

„Ich hab' was ganz Fürchterliches getan."

„Das kann ich nicht glauben, du... und etwas Fürchterliches."

„Aber es ist so.", meinte sie mit hängendem Kopf.

„Schon vor einem Monat habe ich festgestellt, dass ich schwanger bin. Ich war bei einem Frauenarzt und der hat mir den Grund meines häufigen Erbrechens bestätigt. Du weißt doch, als ich dir sagte ich wäre magenkrank und hätte Migräne, da habe ich gelogen."

„Dies ist ja phantastisch!", schrie er überglücklich, ohne zu wissen, wo ihm der Kopf stand.

130

„Du hast noch nicht alles gehört!", sagte sie mit vor Erregung erstickter Stimme. „Ich habe Pillen geschluckt, Pillen, die die Schwangerschaft abgebrochen haben."

Er sah sie, einen Moment ohne zu begreifen, wie versteinert an, dann aber verließ er das Zimmer ohne eine Antwort auf diese überraschende Offenbarung zu finden. Clou hörte nur noch, wie er den Wagen aus der Garage fuhr und in Richtung Stadtmitte losbrauste. In dem Moment hatte sie nicht den Mut, die Kraft ihn irgendwie aufzuhalten. Sie versuchte wieder zu stricken, warf das Zeug aber gleich weg und  brach plötzlich in ein Weinen aus, das sie nicht mehr stoppen konnte.

*

Als der junge Passielo nach Hause zurückkehrte, war es schon lange nach Mitternacht. Er hatte getrunken.....
Er schlich sich auf Zehenspitzen ins Lokal und näherte sich fast wie ein Dieb den Zimmern von Passielos Kindern. Sein eingefallenes, verzerrtes Antlitz, seine vom Regen durchnässte Kleidung, die dreckigen Schuhe verliehen ihm einen ungewöhnlichen, verstörten Anblick. Vor den Treppen zur Mansarde überlegte er einige Sekunden über etwas, doch dann ging er weiter in der

Dunkelheit den Lichtschalter suchend. Nach längerem erfolglosen Suchen fand er ihn endlich und blieb im hellen Licht vor einer schmalen Tür stehen, die zu einem Zimmer direkt unter dem Dachboden führte. Er trat plötzlich hinein, ohne anzuklopfen und stand auf einmal in Toninos Schlafgemach; dieser wachte erschrocken auf und schrie:

„Auweia....Mama, Papa....Hilfe!"

Lucino legte seine rechte Hand auf den Mund des Kindes und warnte ihn zugleich:

„Sssst...sttt....du weckst doch das ganze Haus!"

„Bist du es Lucino?"

„*Si,* ich bin es! Leg' dich ins Bett zurück, denn ich bin nicht das Gespenst für das du mich hälst."

„Willst du hier schlafen?"

„Du siehst doch, kehr' dein Gesicht nun zur Wand und halte deine Klappe, ich bin müde zum Umfallen."

Tonino zwängte sich an die Wand, ein bisschen unschlüssig, dann lag er still.

Sein großer Bruder entkleidete sich im Dunkeln und legte sich ächzend neben ihn.

„Du bist kalt!", bemerkte Tonino und kroch in die geschütztere Ecke des Bettes.

„Na sowas..was du nicht sagst!", murmelte der andere und kuschelte sich in die noch warme Bettdecke des Buben.

7 Uhr morgens hörte er den Wecker an seinem Ohr läuten und warf ihn sofort zu Boden. Auch Tonino

erwachte: er stieg aus dem Bett und sammelte die Scherben, kleine Rädchen, das was noch von dem Wecker übrig war, jammernd auf:

„Das werde ich Mama sagen."

„Sag's ihr doch, aber lass mich jetzt schlafen!".
Tonino schlüpfte aus seinem Mansardezimmer und ergriff seinen Schulranzen im Vorbeilaufen. Der Verschlafene bekam, nach einem Weilchen aus der Türschwelle zu hören:

„Was ist los mit dir, Lucino? Warum schläfst du nicht bei dir?"

„Ich habe die Tür verfehlt, Mama!", rechtfertigte er sich, ohne eine bessere Antwort zu finden und drehte sich dabei auf die andere Seite. Donna Rosalia hob die auf dem Boden herumliegenden Kleidungsstücke auf, und verließ das Schlafzimmer leise, nicht eh' sie noch die Fenster öffnete, die Gardinen vorzog - dann ging sie aber endgültig. Lucino wickelte sich in die Daunendecke erneut ein, zog die bis zum Hals und murmelte etwas vor sich hin, dann schlief er wieder ein. Er wurde erst nach ein paar Minuten, von einer kleinen Hand, die an seine Wirbelsäule entlang streifte, geweckt und zuckte dabei zusammen. Als er sich umdrehte, erkannte er Clou.

„Hast du dir wegen mir einen angetrunken, Luc? Warst du wirklich so verzweifelt?"

Er gab kein Wort von sich. Sie war im Nachthemd und duftete *à la Madame Coco*.
Er bemühte sich ihren Reizen nicht in die Falle zu gehen und kehrte ihr seine nackten Schultern. Das

Mädchen begann seine Haut zu liebkosen und sich flüsternd zu rechtfertigen:

„Du weißt gar nicht, wie besorgt ich gestern Abend um dich war. Ich habe kein Auge zugetan, Käuzle!"

„Geh' Clou!", platzte es wütend aus dem Jungen heraus. „Ich will nichts mehr mit dir zu tun haben, wenigstens heute nicht. Deine Tat war erbarmungslos und ich hasse dich!"

„Glaubst du, ich fühle dir nicht nach? Dass ich mich nicht genauso hasse, armer Freund? Kann jemand mit meinem Charakter zufrieden sein? Ich habe dich sehr verletzt, nicht wahr?"

Aus dem Bett kam kein Laut, kaum ein Wörtchen.

„Willst du, dass ich gehe? Ich werde es tun, nur Ruhe werde ich mein Leben lang nicht finden, wenn du mich jetzt fortschickst. Ich bin schuldig das weiß ich, aber leider weiß ich es zu spät!"

Wieder keine Antwort. Das Mädchen trat mit einem Fuß auf den Boden und ging resigniert aus dem Zimmer. Lucino hielt sie nicht zurück; er war zu erbittert in dem Augenblick, irgendwie zu reagieren. Nach ihrem Fortgehen steckte er sich eine Zigarette aus der Pall-Mall-Packung an, die sie im Zimmer vergessen hatte. Er zog den Rauch tief in die Lungen und atmete dann ein wenig erleichtert auf. Etwa 5 Minuten danach klopfte jemand an die Tür und öffnete sie auch sogleich - es war wieder seine Mutter:

„Lucino, was ist zwischen euch beiden vorgefallen? Habt ihr gestritten? Clothilde will fortgehen. Sie ist unten im Hof und hat ihre Sachen gepackt!"

„Sie kann tun, was sie will. So eine Freundin braucht doch keiner!"

„Aber was ist passiert, *Dio mio*! Bis jetzt ward ihr doch ein Herz und eine Seele und so auf einmal? Willst du, dass sie zu ihren Eltern zurückkehrt?"

Sie hörten ein Taxi in den Hof des Lokals einfahren und Donna Rosalia guckte sofort zu dem winzigen Mansardenfenster hinaus:

„Sie hat ein Taxi bestellt, sie nimmt nicht das Auto! Geh' doch und halte sie auf, Lucino! Bring sie zurück! Es ist nicht nett von dir, dich wie ein Fremder ihr gegenüber zu benehmen!"

„Lass mich in Ruhe, Mama!", maulte dieser durch das Gezeter seiner Mutter aufgebracht: „Lass mich alleine, wenn du eine Tragödie vermeiden willst."

Donna Rosalia entfernte sich von dem zornigen Geschrei ihres Sohnes verängstigt, und redete sich selbst zu, als sie die Treppe herabstieg:

„Welch ein Unglück....welch ein Unglück...!"

Rauchend, drehte er sich unentschlossen eine Weile im Bett herum; seine Haltung änderte sich jedoch schlagartig mit der Abfahrt des Taxis aus dem Hof. Er zog in aller Eile ein Jeanshemd über und seine Sportschuhe an, mit denen er neulich vom Handballspiel zurückgekommen war. Er holte sein Motorrad aus der Garage und trat voller Wut auf den

Hebel, um es anspringen zu lassen. Der Motor lief nur schwer an, aber er tat es letzten Endes. Fast unbekleidet, mit zerzausten Haaren und unrasiert gab er Gas in Richtung der Straße. Vor dem Ausgang des Hofes rief ihm seine Mutter erschrocken nach:
„Lucino, Lucino, dein Helm...dein Helm!", aber der Motorradfahrer war schon außer Sicht. *Signora* Rosalia schloss das Fenster gestikulierend:
„Ach, diese Jugend! Wenn der alte Passielo das noch erlebt hätte!"

Die Yamaha fuhr wie der Blitz die Kurven schneidend mit der Erfahrung extremer Leistungen gewohnt; kurz darauf verließ er die Stadt. Erst als Lucino auf der Stuttgarter Autobahn war, bemerkte er seine mangelhafte Ausrüstung. Manche Fahrer drehten sich verwundert nach ihm um, ja, einige hupten sogar um ihn vorzuwarnen. Er erreichte Clous Taxi gerade als es von der Straße abfuhr und überholte es mit der Geschwindigkeit einer Rakete. Dem Fahrer machte er Zeichen rechts anzuhalten und dieser stoppte verängstigt, ohne jeden Einwand: Der Junge öffnete die Tür und zog Clou wortlos aus dem Wageninneren heraus.

„Komm!", sagte er ohne sie anzugucken. „Wir müssen nach Hause zurückkehren!"
„Fräulein, soll ich die Polizei verständigen?", fragte der Chauffeur des Wagens, während er den  Mann mit gewissem Bangen anschaute.

„Nein!", antwortete das Mädchen und warf ihm ein paar Geldscheine durchs Fenster zu. „Er ist mein Freund, mein Verlobter." Der Fahrer hob teilnahmslos die Schultern und fuhr weiter die Straße hinunter. Mit ihm allein gelassen, äußerte sie sich:

„Hat es sich wirklich gelohnt solche Anstrengungen für mich aufzubringen, Luc?"

„Halt den Mund und setz dich hinten auf!", antwortete er kühl zum Taxi hinblickend, das zurück in die Stadt fuhr.„Wir reden zu Hause!"

„Ich will wissen, ob du mich noch liebst!"

„Ich weiß es nicht, das hängt von unserer kleinen Besprechung ab, die wir hinterher haben werden. Steig endlich auf. Willst du, dass wir hier herumlungern bis uns die Verkehrspolypen schnappen?"

Sie schwang sich hinter ihn auf den Sitz und umschlang seine schlanke Taille mit einem Liebreiz, den sie nicht zu verbergen scheute. Das Motorrad ratterte etwas sich auf den Start vorbereitend, preschte dann auf dem Asphaltband davon. Zu ihrem Glück blieb ihnen eine Begegnung mit der Polizei erspart: der Yamaha fuhr auf den Parkplatz vor dem Lokal, einen neuen Passagier mitbringend. Als *Signora* Rosalia das laute Motorengeräusch vernahm, steckte sie den Kopf durch das offene Fenster der Küche wo sie gerade kochte, und schlug beide Hände zusammen:

„*Dio mio....*, konntest du sie nicht schon bevor sie weglief zum Bleiben überreden? Ehrlich, wenn ich diesen Starrkopf von Lucino noch verstehe! Ich glaube er hat nicht mehr alle da oben, *Si...si....*ganz sein Opa!"

Nachdem er das Motorrad in der Garage verstaut hatte, ging Lucino ins Haus und verlangte einen starken Kaffee. Sein Wunsch wurde ihm von der *Matrona* selbst erfüllt, die vor Zufriedenheit, dass beide wieder versöhnt waren, nur so strahlte. Clou schloss hinter ihr die Tür und ließ sich erschöpft auf das noch nicht aufgeräumte Bett fallen. Ihre Wangen glühten noch von dem kalten Wind, der sie auf der Fahrt durchweht hatte. Luc hörte wie sie sagte:
„Ich wollte dich nicht verlassen Luc, aber ich glaube, dass deine Gleichgültigkeit mich irrgeführt hat. Ich weiß nicht mehr ein noch aus, seit ich diesen Unsinn begangen habe. Anfangs glaubte ich, dass dir mein Handeln normal scheinen würde, ich hatte nie geahnt, dass du dir so sehr ein Kind von mir wünscht. Ach, war ich doof Lucino!"
„Würde ich eure Kaltblütigkeit haben, wie man es hört, dann hätte es mir, kann sein, nichts ausgemacht. Aber ich bin anders und so will ich auch bleiben, auch wenn ich den Rest meines Lebens hier in diesem Land verbringen möge! Warum hast du mir nichts von deiner Schwangerschaft gesagt? Hattest du kein Vertrauen zu mir?"

„Das nicht! Ich hatte ein komisches Minderwertigkeitsgefühl dir gegenüber."

„Ach, Quatsch, du hast befürchtet deine graziösen Körperformen zu verlieren, mit denen du dich überall brüstest. So ist es."

„Lucino.., daran habe ich keine Sekunde gedacht! Wenn du es wünscht, so sollen wir mal 2, 3, 4 Kinder oder noch mehr haben, nur möchte ich, dass wir diese hässliche Geschichte vergessen."

Der Junge blieb unerbittlich, doch plötzlich drehte er sich um, und umarmte sie so wie sie da auf dem Bettrand saß.

„Oh, Clou, wie habe ich mich getäuscht! Ich dachte, es sei ein Ausbruch von Eitelkeit gewesen, eine Konservierung des Leibes."

„Dann hast du an meiner Liebe gezweifelt? War ich dir nicht treuherzig genug?"

„Als du mir von der Abtreibung erzähltest, hatte ich so eine innere Vorahnung! Komm lass dich küssen, Liebling. Ich will dich so küssen, wie nie zuvor!"

Sie wich ihm behutsam aus und stoppte so seinen Liebesausbruch, der auch sie zu erfassen drohte.

„Nein...nein...später! Du hast noch genügend Gelegenheit mir deine Ergebenheit zu beweisen. Glaubst du nicht, dass der Moment gekommen ist, einiges noch zwischen uns klarzustellen? Obwohl wir hofften uns gut zu kennen, sehe ich, dass es nicht gerade so ist. Hast du noch andere Zweifel?"

„Ich weiß nicht!", folgte er ihr spaßend. „Ich werde keinerlei Vertrauen zu dir haben, bis ich dich nicht als Braut sehe."

„Dann wirst du mich eben nie in dieser Aufmachung sehen, mein lieber Scholli! Ich bitte dich außerdem mir zu schwören, dass du keine andere Freundin außer mir haben willst, dass du nur mich liebst, wie ein Wilder, präziser..... wie ein Verückter, dass du mich nie wieder der Eitelkeit oder des Konservatorismus verdächtigst, so wie du es vorhin getan hast, dass du niemals wieder wegen mir trinkst, dich betrinkst und in diesem Zustand mitten in der Nacht nach Hause kommst, oder Auto fährst mir dadurch schlaflose Nächte bereitest, dass du mich nie mehr fortschickst dann, wenn ich deine Nähe brauche, dass du psychisch, moralisch nicht noch snobistischer und eingebildeter wirst als du es schon bist, dass du nie mehr in der Nachbarschaft übernachtest so wie letzte Nacht, dass du dich nie wieder ohne Helm auf das Motorrad setzt - außer, wenn es sich wirklich lohnt wie heute früh zum Beispiel, dass du nie von mir verlangen wirst keine Kinder zu bekommen, ganz egal um welche Anzahl es geht, Uff.... das wär's also!", ergänzte sie fix und fertig, außer Atem aufs Bett fallend. Die ganze Zeit über hatte er sie mit den Augen eines Raubtieres betrachtet, das seiner Beute auflauerte. Jetzt kam er zu ihr von weitem drohend.

„Ist das alles? Nur soviel verlangst du von mir? Gleich wirst du die Antwort bekommen, die du verdienst!"

„Versuche nicht von meinen Schwächen zu profitieren. Was für ein Mann bist du mir eigentlich? Heute Morgen hast du mir eben einen anderen Eindruck hinterlassen!"

„Okay!", beherrschte er sich und ließ sie los.„Was möchtest du heute gern tun? Wollen wir mal ausgehen?"

„Hmmm..! Ich dachte du wolltest eine Revanche für die kleine, wenn auch nur imaginär erlittene Niederlage, vor einigen Monaten."

„Was für eine Revanche?", fragte er, unwissend worüber das Mädchen sprach, aber als er ein ziemlich draufgängerisches, spitzbübiges Lächeln auf ihren Mundwinkeln bemerkte, stieg ihm eine ungewollte Röte in die Wangen.

„Es ist schon eigenartig heutzutage noch eine Spur von Schamhaftigkeit auf einem Menschengesicht zu sehen!", bemerkte sie mit einem Lächeln auf den Lippen. „Irgendwo habe ich gelesen, dass bei den Marquisinnen am Hofe des Sonnenkönigs noch sowas üblich war. Aber vergiss nicht, es hat ihnen absolut nichts genützt. *Oui,* absolut nichts."

„Du bist ein Beispiel femininer Gemeinheit! Dein Vater hat ein Ungeheuer in seinem Hause großgezogen, eine Frau von leichten Sitten."

„Das sind Waffen, die bei solchen Puritanern wie du nie fehlschlagen, du Kauz!"

„Wirst du mir jemals meine Zweifelhaftigkeit dir gegenüber vergeben können?"

„Und du wirst meine naive Verantwortungslosigkeit vergessen können?"

„In der Liebe gibt es keine Ärgernisse von Dauer, sondern nur Aufregungen oder Agitationen vererbt aus wahren Leidenschaften.", machte er halb im Spaß, halb im Ernst.

„In der Liebe sage niemals „nein", wenn dir der Partner auch die schlimmste Tat verzeiht!", fügte sie ohne zu zögern hinzu, wobei sie ihm wie eine freche Göre die Zunge rausstreckte.

„Hat dir schon jemand gesagt, dass du wunderschön bist, Clou?"

„Millionen, und außerdem weiß ich es! Das bedeutet aber nicht, dass ich meine Nase hochziehe! Aber dir...., hat dir schon jemand gesagt, dass du ein Wirbelwind von entflammten Gefühlen bist, eine Flut von phantastischen außergewöhnlichen Gebärden?"

„Keiner!", sagte er schuldig, seinen Kopf senkend.

„Gut! Dann sage ich es dir."

„Ich werde dein ewiger Sklave und Untertaner bleiben! Frauen gefällt das!"

„Nicht allen! Findest du nicht, dass wir schon zu viel von unserer wertvollen Zeit mit dem Klamauk verbracht haben, dass wir goldene Zeit verlieren?"

„Das dachte ich auch, aber ich schämte mich es dir zu gestehen."

„Typisch! Wir haben doch so viel gutzumachen."

„Und das Essen? Bald schlägt es 12 Uhr."

„Hast du wirklich Hunger?"

„Tja, ich gedachte dich zu vernaschen..."

„Worauf wartest du dann noch? Auch ich habe Hunger, Riesenhunger, den Hunger eines Löwen, mein hochmotorisierter Märchenprinz....."

*

EINLADUNG

FRÄULEIN C.V. UND HERR L.P. sind zu unserer Geburtstagsfeier herzlich eingeladen.
Mama und Papa wurden sich riesig freuen.

„Da steht aber kein Datum drauf!", bemerkte Lucino, nachdem er das von Clous Mutter unterzeichnete Stück Papier sorgfältig gelesen hatte.

„Das ist auch nicht nötig, Liebling! Meine Mutter, meine geliebte Mutter, weiß, dass ich ihr Geburtstagsdatum kenne."

„Sehr einfallsreich! Und du möchtest, dass wir ihnen einen Besuch abstatten?"

„Was meinst du dazu?"

„Du weißt, dass ich mich aus euren Familienangelegenheiten lieber raushalte! Du musst darüber entscheiden, was wir tun sollen!"

„Dann gehen wir, aber nur dieses eine Mal!"

„Wie du willst! Wann findet die Geburtstagsparty statt?"

„Wahrscheinlich morgen Abend! So gegen 20.00 Uhr!"

„Hast du schon gedacht, was du deiner Mutter dann als Geburtstagsgeschenk mitbringen möchtest?"

„Heute Nachmittag werden wir durch die Stadt bummeln und uns dort ein wenig umsehen."

Am nächsten Tag parkte der braune Yamaha neben einigen Limousinen mit fremden Autokennzeichen auf dem Hof der Villa in Lonsee. Diese Kennzeichen entgingen den Augen des Jungen nicht, denn er fragte nämlich:

„Woher kommen all diese feinen Leute?"

„Aus Frankfurt, aus Köln, Paris oder was weiß ich. Mutti hat eine ganze Menge Bekannte und Freunde."

„Es ist eigentlich seltsam, dass du mir bisher noch nichts über den Beruf deiner Mutter erzählt hast."

„Sie ist Schriftstellerin! Ihre Bücher werden dir aber kaum durch die Hände gegangen sein. Sie geht nur langweiliges politisches Zeug durch, oder dann macht sie Übersetzungen für die Botschaft. Sie ist deshalb auch oft in Bonn zu sehen! Jaaaa...."

Sie stiegen die breite Treppe zur Villa hoch und wurden von einem uniformierten Türsteher empfangen.

„Ich bin Frau Vogts Tochter, und das ist mein Verlobter!", erklärte sie.

„Verzeihung Fräulein, dass ich Sie nicht sogleich erkannt habe! Ich bin neu hier und kenne noch nicht die gesamte Familie Vogt. Bitte verzeihen Sie mir nochmal. Kommen Sie bitte!"

Die beiden folgten dem Mann, sich verstohlen anblickend. Im Haus herrschte ein ungewöhnliches Stimmengewirr - irgendjemand hielt gerade eine Ansprache oder eine Gratulation für die er wilden Beifall bekam. *Madame* hatte sie als erste gesehen. Sie begrüßte sie mit einem äußerst amablen und höflichen Händedruck.

„Seid willkommen, Kinder. Ich dachte nicht, dass ihr noch kommen würdet. Ich danke euch vielmals, dass ihr meiner Einladung Folge geleistet habt. Ich hoffe nur, dass diese Schlemmer auch für euch noch etwas übriggelassen haben."

Sie nahm von Clous Verlobten den riesigen Rosenstrauß entgegen und bedankte sich mit einem euphorischen Lächeln:

„Quelle plaisir mon ami! Vous êtes très galant, Monsieur."

Lucino versuchte dazu eine kleine Verbeugung, die ihm aber nur halb gelang. Clothilde, die dies beobachtete, huschte ein amüsiertes Lächeln über die Lippen.

„Aber tretet doch bitte ein. Clou, geh du bitte voraus! Ich werde dir Lucino für ein paar Minuten rauben."

„Bring ihn mir aber bitte unversehrt zurück, *maman!*", scherzte das Mädchen mit einem drohend, erhobenen Zeigefinger.

„In dieser Hinsicht sei unbesorgt, *ma petite!* Er wird dir ganz und gar zurück gereicht!"

Lucino folgte also *Madame* Vogt und hörte sie sagen:

„Herr Passielo! Sie erinnern sich doch noch an unser Gespräch vom Herbst!"

„Selbstverständlich, *Madame* Vogt, ganz gut sogar."

„Ich freue mich, dass Sie mir wegen meiner egoistischen Absichten von damals nicht nachtragend sind. Ich weiß, dass ich Sie in Ihren Gefühlen verletzt und Ihnen Unrecht zugefügt habe. Ich bitte Sie mir zu vergeben und meine Gefühlslosigkeit, mit der ich Ihnen entgegentrat, zu vergessen. Ich bin Ihnen auch äußerst dankbar, dass Sie meiner Tochter nichts davon erzählt haben. Das hätte mich sonst in Ihren Augen für immer kompromittiert! Ihre Anwesenheit und die meiner Tochter bereitet mir nur Freude und Zufriedenheit, glauben Sie mir! Ich bitte Sie, mir wie einer wahren Freundin zu vertrauen! Ich verspreche auch, Sie nie wieder zu enttäuschen."

„Das werde ich tun, *Madame!*", versicherte er, sie zugetan anlächelnd und erleichterter als vorhin.

„Perfekt! Sie sind jetzt frei und können unabhängig Ihrer zukünftigen Ehefrau folgen, natürlich nur, wenn Sie noch an dieser Absicht festhalten!"

„Tag und Nacht, Frau Vogt! Ich wünsche mir nur dies eine."

„Das dachte ich mir! Es ist schön in Ihrem Alter mit solcher Stärke und Zuneigung zu lieben. Wenn Sie mal so alt sind wie ich, wird es Ihnen nicht leid tun müssen, um die sinnlos verlorenen Jahre der Jugend."

Die Frau machte dann Lucino Zeichen dem Mädchen zu folgen und sie entfernte sich nun wirklich viel heiterer als zuvor.

„Worüber habt ihr so lange getrascht?", interessierte sich Clou, während sie appetitvoll in ein Kaviarbrötchen biss.

„Über nichts besonderes! Nur über unsere Zukunft!"

„Und das nennst du nichts besonderes? Mein Gott, mit was für einen Unmenschen verschwende ich nur meine Zeit?"

„Deine Mutter hat nichts dagegen, dass wir heiraten! Das ist's."

Sie ließ das Brötchen auf den Teller fallen und sprang erregt auf:

„Hast du ihr gesagt, dass du mich heiraten willst?", fragte sie überrascht.

„Natürlich, mein Schatz, wen denn sonst?"

„Wäre es nicht besser gewesen, wenn du mich zuerst gefragt hättest? Letzten Endes bin ich diejenige, die es mit dir aushalten muss, durch dick und dünn zu gehen und nicht Mama!", meuterte sie und stampfte dabei mit dem Fuß auf den Boden.

„Du stehst auf meiner Seite angefangen von dem Zeitpunkt, als du mir dieses witzige Auto schenktest."

147

„Du Angeber!"

„Was mein ist, ist mein!", rühmte er sich ruhig und selbstsicher.

„Und wenn ich nein sage?", prüfte sie ihn herausfordernd.

„Versuch's doch mal, und du wirst sehen!", drohte er ihr spaßend und lachte dabei. Clou wollte gerade etwas sagen, aber sie wurde von einer Dienerin unterbrochen, die Getränke anbot:

„Wünschen Sie Champagner oder Wein?"

„Ich glaube Champagner, *ma chérie!*"

Sie nahm ein Glas, überlegte ein wenig, und dann nahm sie noch eins - dieses reichte sie ihrem Verlobten, ihn weiter neckend:

„Vorläufig gib dich nur mit einem Glas Champagner zufrieden. Ich bin ein wenig neugierig, wo dieser mürrische Papa steckt, dass er noch nicht aufgetaucht ist. Mit ihm hast du den härteren Kampf durchzustehen, als mit meiner weichherzigen Mama! Er ist ein hartnäckiger Gegner, dass du es weißt! Sein Fehler ist nur, dass er mich zu sehr liebt, der Arme, ansonsten ist er ein süßer und netter Spatz...!"

Die letzten Worte sagte sie mit einem verheimlichten Trotz, den man auch als Spott verstehen konnte. Lucino, der von dem Gespräch mit ihrer Mutter ermutigt war, überfiel eine lässige Beseeltheit und ein seltener Durst. Nachdem er einige Gläser von dem festlichen Familienchamp geleert hatte, bekam er bald Clous stechende Bemerkung zu hören:

„Mein Liebster Schatz will sich Mut machen, bevor er den Haustyrannen vor die Augen tritt?"

„*No*! Ich bin nur bei bester Laune, das ist alles! Deine Mama ist eine bemerkenswerte Frau und ich bewundere sie!"

„Hmm...wenn du vermutest sie sei immer in dieser guten Stimmung dann irrst du dich, Geehrtester! Sie ist, wie ich dir einmal sagte, ein Eisklotz ansonsten."

„Ich hatte nicht den Eindruck, wenigstens heute nicht! Aber schau, dein Vater, der Politiker, ist aus seinem Nest gekrochen und begrüßt seine ehrwürdigen Gäste!" Er hatte Recht. Vogt bewegte sich mit kleinen Schritten voran und empfing jeden der Auditoren professionell, jedoch ein wenig mechanisch. Er sah die zwei Verlobten neben dem geplünderten kalten Büfett leise im Gespräch vertieft, und ging strahlend auf sie zu:

„Guten Abend Kinder. Schön, dass ihr gekommen seid!"

„Hallo, Papa!", antwortete Clou kurz und blickte in eine andere Richtung.

Lucino begrüßte ihn auf seine Art, höflich.

„Ich bin mehr als sicher, dass mir Herr Passielo einige Minuten von seiner wertvollen Zeit schenken wird. Ich würde gerne ein paar Ansichten und Worte mit Ihnen tauschen, wenn Sie mir erlauben."

„Du kannst diese übertriebene Höflichkeit fallen lassen, Papa, und meinen Verlobten beim Namen nennen. Er heißt Lucino und wäre froh darüber,

149

wenn du diesen Namen aussprichst, auf diese abgegriffene Salonetikette verzichten würdest."

„Ich sehe, dass dein Zorn nicht vorüber ist, meine Liebe! Willst du unser Zerwürfnis noch weiter vertiefen? Wäre es nicht besser, wenn wir Frieden schließen würden?"

„Mir ist's egal, Papa!", machte sie ironisch, gleichgültig. „Wenn ihr zusammen sprechen wollt, dann meinetwegen, ich lasse euch!" Sie entfernte sich so wie angekündigt und Luc sah sie noch, wie sie nach Zigaretten suchte. Vogt begann:

„Sie ist sonst ein bezauberndes kleines Mädchen. Aber kommen wir auf unser Gespräch zurück. Wollen Sie mir in die Bibliothek folgen? Hier können wir miteinander kein vernünftiges Wort sprechen. Dort sind wir ungestört."

„Wie Sie es wünschen, Herr Vogt!" akzeptierte der junge Mann und folgte ihm hinterher. In dem riesigen Zimmer, in dem der Abgeordnete die meiste Zeit verbrachte, brannte ein schwaches Feuer, das eine wohltuende und heile Wärme ausstrahlte. Auf einem polierten Nussbaumtisch konturierte sich eine Cognacflasche und 2 Gläser wie absichtlich vorbereitet für einen noch zu erwartenden Gast.

„Cognac?", fragte der Hausherr und füllte dabei eines der Gläser auf dem Tisch.

„Ja, danke!", nickte der Junge ein wenig verlegen. Vogt goss beide Gläser etwa gleichvoll und bot eines dem stehenden jungen Mann an.

„Herr Passielo....", begann er sich räuspernd und genoss dabei das Aroma des Weinbrandes, das sich im Glas noch nicht genug entfaltet hatte.

„Herr Passielo...! Obwohl wir uns zuvor nur einmal begegnet sind, hatten wir nicht Gelegenheit ganz offen zu sprechen, so, wie unter Männern! Meine Frau hat mir so manches über eure Absichten oder Zukunftspläne erzählt. Daraus habe ich begriffen, dass Sie meine Tochter lieben und sie zu heiraten wünschen. Ich kann Ihre jugendhaften Triebe verstehen, nämlich auch ich war mal jung und weiß, was Liebe bedeutet."

Er nahm einen Schluck aus dem Cognacglas und folgte seinen Gedanken weiter mit angemessener Stimme:

„Der Mutter des Mädchens bin ich in Paris begegnet, auf einer inoffiziellen Geschäftsreise, vor vielen Jahren, und habe mich Hals über Kopf in sie verliebt. Meine Gattin ist zur Zeit eine geschätzte Buchautorin. Bevor sie zu schreiben begann, beschäftigte sie die Journalistik. Sie schien eine Person mit Zukunft zu werden. Verstehen Sie mich? Ich will hoffen, dass auch Clothilde es mal so weit bringt, wie ihre Mutter. Ich werde alles dafür tun, damit sie ihre Aspirationen auch durchführt, sie eines Tages auch realisiert, sogar die aller irrsinnigsten, die sie sich vorstellen würde. Ein Individuum ohne Bildung ist in unserer Gesellschaft keinen Pfifferling wert, um es so auszudrücken. Ein Land ohne Intelektuelle ist in unserem Zeitalter undenkbar. Von meiner Frau habe ich erfahren, dass

Sie Ihrem Vater in der Pizzeria zur Hand gehen und dessen Beruf erlernen möchten. Habe ich richtig verstanden?"

„Nicht ganz, Herr Vogt. Also, ich habe ihm eine Zeit lang geholfen, aber jetzt habe ich es mir anders überlegt und will nun weiter studieren. Ihre Tochter hat mir dabei mit Erfolg zur Seite gestanden. Möglicherweise haben Sie das gehört."

„Du hast einige wichtige Jahre versäumt, wenn ich das richtig sehe! Wie alt bist du, Lucino? Ich kann dich doch beim Namen nennen, nicht wahr? Meine Tochter wünscht es sich ausdrücklich!"

„Selbstverständlich! Das wünsche ich auch! Ich bin 24, Herr Vogt!"

„Ich habe mir gedacht, dass du schon älter bist, aber das Licht hat mich schon wieder betrügt. Ich habe einige Schwierigkeiten mit den Augen. Mein Arzt ist gerade dabei, diese Tage meine Dioptrien zu korrigieren. Du willst also weiter die Schulbank drücken?"

„Ja!", antwortete Lucino mit gesenktem Blick, überrascht von der vielleicht unbeabsichtigten Ungeschicktheit des Abgeordneten.

„Aha! Und hast schon welche Prüfungen bestanden?"

„Einige davon! Ich habe aber noch viel nachzuholen, denn ich bin meinen Kollegen weit hinterher, mehrere Semester."

„Na ja...! Ist meine Tochter mit deinen Absichten einverstanden?"

„Ich glaube ja, Herr Vogt!"

„Ich kenne Clothilde als ein wenig voreilig und überstürzt handelnd. Es ist ein Charakterfehler, den sie von ihrer Mutter geerbt hat und es ist nicht der einzige. Aber jetzt bringt das uns mit nichts weiter, dieses Thema aufzuwühlen, denn wir wollen ja noch ein paar Einzelheiten klarstellen. Sieh mal... ich weiß nicht, was meine Frau von dieser Heirat hält, aber ich finde es ist noch viel zu früh für eine solch seriöse Bindung, wie die Ehe. Warum wollt ihr nicht noch einige Jahre warten, bis ihr wenigstens die Uni hinter euch bringt? Wartet erst mal ab, um euch richtig kennenzulernen und übereilt nicht unnötig den Lauf der Dinge. Es gibt heutzutage genug geschiedene oder unglückliche Ehen. Da muss man nur die große Anzahl solcher Fälle beachten. Alle diese, waren ehemalige Liebespaare, so wie ihr, die nicht mehr zusammen leben konnten, die, die Scheidung wollten, und gerade hier liegt der Fuchs begraben. Sie haben meistens zu jung geheiratet und sich nicht genügend kennengelernt. Ihre Ideale sind mit dem ersten Kind zerfallen, sobald die ersten Geldprobleme auftauchten, - die Arbeitslosigkeit, diese Arbeitslosenrate, gegen die wir schon seit Jahren ankämpfen! Davon gibt es hunderte, tausende von Paaren in Deutschland. Haben Sie das nicht gewusst?"

„Ich will das, was Sie sagten, nicht bestreiten, Herr Vogt, aber Clou und ich wohnen seit mehr als einem Jahr zusammen und hatten noch keinen Grund zum

Klagen. Kleine Meinungsverschiedenheiten, oder Streitigkeiten gibt es ab und zu, das gebe ich gern zu, doch diese existieren bei jedem Paar das zusammenlebt, in jeder Familie. Wir verstanden es immer wieder zueinander zu finden. Manche sagen, dies alles macht den Reiz der Liebe aus. Wenn zwei, die sich ehrlich lieben, sich mit neuer Kraft dann wieder verstehen."

Vogt beäugte ihn direkt, misstrauisch:
„Baust du dir nicht etwa nur Traumschlösser, junger Freund?"
„Für Sie scheint es vielleicht unglaublich, aber ich liebe Ihre Tochter aufrichtig und baue da gewiss keine Traumschlösser, wie Sie sagten! Mein ganzes Leben lang habe ich mir so ein Mädchen wie Clou gewünscht! Ich werde sie niemals enttäuschen, oder noch schlimmer, verlassen."
„Richtig, dann müsst ihr auch mit der Armut fertig werden, nicht wahr?"
„Ich komme nicht ganz mit, sprechen Sie deutlicher!", sagte Lucino stotternd.
„Ich werde deinen Worten Glauben schenken, wenigstens zu diesem Zeitpunkt. Nehmen wir mal an, dass Clothilde nicht solch wohlhabende Eltern hätte, sondern dass sie aus irgendeiner beliebigen Familie stammen würde. Womit hättet ihr dann euren Lebensunterhalt, oder noch präziser, euer Studium weiter finanziert?"
„Nichts einfacher als das! Wir würden das tun, was die meisten Studenten heutzutage machen, die auch

keine steinreichen Eltern haben, wenigstens nicht alle, denn es wäre sonst eine Katastrophe, nicht wahr? Wer einen starken Willen hat, der muss auch gewisse Opfer bringen, das ist klar. Das weiß jeder Student, der ein Hochschulstudium anstrebt. Und dann hat Arbeit bisher noch niemanden umgebracht. Wenn's sein muss, werden wir beide in den Ferien ein Weilchen jobben. Glauben Sie mir, die heutige Jugend hat die Unterstützung der Eltern nicht mehr nötig, so wie es früher war, um Arzt, Ingenieur oder weiß ich was noch zu werden, Herr Vogt."

„Darin widerspreche ich dir nicht, lieber Lucino! Aber, wie sich heraus stellt, denkst du nur an dich. Clothilde weiß nicht, hat nie gewusst, was Arbeit in Wirklichkeit bedeutet, und ist so träge, unerfahren, dass sie es nirgendwo schaffen würde. Bisher war sie nur gewohnt mit ihrem Köpfchen zu arbeiten und darüber nachzudenken, wo sie die nächsten Ferien verbringen wird, oder welche neuen Modetrends die Couturiers in Milano und Paris entworfen haben. Das ist fast alles, was sie weiß. Um offen zu reden, meine Tochter ist für bescheidene Lebensverhältnisse, wo sich Alltagsprobleme überrumpeln, ganz und gar nicht vorbereitet. Wenn ich nur daran logisch denke, so würde ich dir deine Heiratsabsichten von Anfang an abschlagen. Ich wünsche euch beiden nur das Beste und möchte nicht, dass ihr an Versagen scheitert."
„Egal! Wir werden es schon irgendwie hinkriegen! Daran sollten Sie keine Zweifel haben."

„Du willst also nicht eine Weile warten, bis sich alles von alleine ergibt? Möchtest du so ein Risiko eingehen?"

„Meine Meinung habe ich Ihnen gesagt. Unabhängig von den Schwierigkeiten oder Hindernissen, die auftauchen werden, hätten wir genug Möglichkeiten, die zu überwinden."

„An Mut fehlt es dir mit Sicherheit nicht, alle Achtung, junger Mann, aber dieser Heirat kann ich beim besten Willen nicht zustimmen.", gab sich der Politiker fest entschlossen.

„Aber wieso?", fragte Lucino mit gedämpfter Stimme und gesenkter enttäuschter Miene.

„Meine Begründungen habe ich dir klar und deutlich offenbart. Es ist noch viel zu früh für einen derart wichtigen Schritt im Leben und ich rate euch damit noch ein wenig Geduld aufzubringen."

„Ich gebe mir größte Mühe, Sie zu begreifen, aber ich kapiere trotzdem nicht. Wir sind längst volljährig, studieren an derselben Uni, wohnen zusammen und das seit langem schon, und..., und, in ein-zwei Jahren werden Sie vielleicht einen kleinen Bengel auf dem Schoß halten, der liebevoll „Opa" zu Ihnen sagt. Scheint diese Perspektive unnormal, so unmöglich, Herr Vogt?"

„Hör auf damit!", entgegnete der Abgeordnete diesmal sichtlich genervt, einsehen zu müssen, dass er seinen Willen bei dem Jungen nicht durchsetzten vermochte. In seinen Augen funkelte etwas wie eine

156

versteckte Abneigung die Lucino sofort, und instinktiv spürte.

„Nein, nein....das ist alles nicht der wahre Grund! Nicht Ihr Gewissen oder Ihr reiner Menschenverstand, der hier spricht! Sie lehnen mich ab, meine Familie, unseren bescheidenen Stand den wir zweifellos einnehmen. Das hindert Sie daran mir die Hand Ihrer Tochter gleich zu geben und mich in Ihrem Milieu aufzunehmen, in dem Sie voller Vertrauen und Sicherheit kreisen."

„Sei nicht penibel, junger Mann!", widersprach ihm der Vater des Mädchens, wobei er gleichgültig mit den Achseln zuckte: „Du urteilst voreilig so wie eben. Nicht das ist das Problem! Was weißt du über die Zukunft unserer Jugend? Über die Schwierigkeiten oder Sorgen, die ihr uns überall macht, auf der Straße, im Bundestag, über die negativen Beispiele, die ihr uns dann in die Schuhe schiebt wenn ihr mal nichts anderes zu tun habt."

Lucino schien unaufgeklärt.

„Warum haben Sie mich eigentlich in dieses Zimmer eingeladen? Um mich zu einer Trennung von Ihrer Tochter zu überreden?"

„Mit anderen Worten...ja. Du bist eine höchst unpassende Partie für Clothilde. Du hättest dir darüber schon von Anfang an im Klaren sein müssen."

„Ich muss Sie nicht daran erinnern, dass wir auch ohne Ihre Approbation heiraten können. Ihr Geld interessiert uns am wenigsten. Sie sind derjenige, der zu bemitleiden ist, Herr Vogt, nicht wir. Jetzt kennen Sie meine Meinung."

Er machte eine Bewegung um zu gehen, aber eine Geste des Gastgebers hielt ihn zurück:
„Ohne Zweifel! Ihr könnt tun, was ihr wollt! Persönlich werde ich mich Ihnen widersetzten, wenn Sie Anspruch auf die Mitgift meiner Tochter haben sollten. Natürlich, wer gibt das von Anfang an zu? Ich besitze Lebenserfahrung, Junger Mann, und habe rechtzeitig erkannt, was hinter Ihrer Maske steckt. Diesen Hauch von Naivität, Aufrichtigkeit, den Sie überall verbreiten, kann möglichst andere irrführen, aber mich nicht! Ich errate sofort die heimlichen Gedanken jedes Individuums! Ja, ich kenne die Menschen.", ergänzte er noch. „Ich habe eine gut Nase für sowas, für Ihre Schwächen, die sie zu verbergen suchen."
„Erlauben Sie mir, Herr Vogt, Ihnen zu sagen, dass Sie Ihren so wichtigen hohen Posten umsonst besetzen! Sie kennen die Menschen überhaupt nicht, kaum.....! Würden Sie es nämlich tun, dann hätten Sie mich von all der Moral und Prophezeiungen verschont. Leben Sie wohl!"

„Einen Augenblick! Zwischen uns ist noch nichts alles ausgesagt. Meinerseits machen Sie sich auf das Schlimmste gefasst! Die Konsequenzen daraus werden Sie erdrücken. Die Folgen Ihrer Sturheit werden Ihnen das Rückgrat brechen. Ich habe überall ein Wort zu sagen, überall, wohin ich mit meinen Augen blicke. Ich werde mit allen Mitteln versuchen diese Heirat zu verhindern, und meine Tochter von solch einem Übel wie ihr seid zu befreien."

„Ich bin gespannt zu sehen, ob Sie es schaffen, Wort zu halten."

Lucino wollte wieder gehen, jedoch Vogt, der seine Niederlage kommen sah, kam auf ihm zu mit schnellen Schritten und sagte beschwichtigt:

„Sieh mal....! Ich bin nahe daran dich zu verstehen! Meine Nerven sind mit mir durchgegangen. Ich bin bereit euch zu helfen, wenn ich wisst was ich meine. Dabei denke ich an Geld. Glauben Sie, dass ein Scheck im Wert von 50.000 DM ausreicht, um die Zuneigung zu meiner Tochter aufzugeben? Ich bin willig das zu tun, wenn Sie mir schriftlich und ohne jede Frustrationen versprechen, dass sie auf Clothilde verzichten und für immer aus ihrem Leben treten werden. Ich werde Ihnen gegenüber verständnisvoll, nachgiebig sein, wenn Sie es auch akzeptieren. Na, wie wär's?"

„50.000? Wenn Sie glauben meine geheimen Absichten zu kennen, dann bin ich sicher, dass Sie auch bereit sind, mehr zu bieten!"

Der junge Mann, der überrascht an der Tür stand, kam jetzt stillschweigend zurück.

„Ich würde bereit sein einen Kompromiss einzugehen. In dieser Hinsicht bin ich kein Unmensch!"

„Ich glaube, es wäre ein tolles Gefühl, wenn ich morgen die Nachricht bekäme, dass eine halbe Million auf meinem Konto liegen würde! Haben Sie wirklich so viel Geld?"

„Sie sind völlig übergeschnappt! Gehen Sie, bis ich nicht die Polizei rufe!"

Lucino öffnete die Tür, aber dieselbe Stimme hielt ihn ein zweites mal zurück:

„Und geben Sie mir Ihr Wort, dass Sie meine Tochter in Ruhe lassen?"

„*Si,* ich werde irgendeinen Grund dafür suchen und sie wieder nach Hause schicken."

„So gefällst du mir schon besser, Lucino!", sagte Vogt ungeschickt, eine freundliche Miene aufsetzend. Aus einem Schubfach des Schreibtisches nahm er ein gelbliches Heftchen hervor und öffnete es mit der Erfahrung eines Geschäftsmannes:

„Diese Heirat wäre sowieso schiefgegangen, mein Freund, hör nur auf mich!"

Auf das dünne Papier schrieb er einige Zahlen und fuhr weiter fort:

„Was hast du mit einer solch beträchtlichen Geldsumme jetzt vor?"

„Das weiß ich noch nicht, Herr Vogt, vielleicht unternehme ich eine Reise in die Staaten oder baue ein Haus wie Ihres!"

„Ein Haus wie meines, junger Mann?", fragte dieser sichtlich amüsiert. „Du bist ehrgeiziger, als ich jemals dachte, aber du kannst damit tun und lassen, was du willst. Du bist noch jung und die

Möglichkeiten eröffnen sich dir mehr denn je zuvor. Die Zukunft gehört den Geschäftsleuten. Bitte, hier ist der Scheck!"

Der Junge nahm mit einem gewissen inneren Widerwillen das Blatt Papier entgegen, und las ihn neugierig.

„Kann ich diese Summe bei einer städtischen Bank abheben?"

„Noch nicht, Lucino. Ich warte erst mal ab, um zu sehen, ob du dich wirklich an dein Versprechen hältst. Du musst mir dafür nichts unterschreiben. Es ist besser für uns beide, wenn wir solche Formalitäten sein lassen. Sobald ich von eurer Trennung erfahre und meine Clothilde nach Hause zurückkehrt, wird der Scheck endgültig auf deinen Namen ausgestellt werden und du kannst davon profitieren, deinen Nutzen haben. Ich warne dich jedoch, suche mich ja nicht heimlich zu hintergehen. Sonst kann ich dich wann immer ich möchte, anklagen, und du wirst dieses Geld nie ausgeben können. Ich hoffe aber, dass du Wort hältst und wie ein erwachsener Mensch handelst, nicht wie ein Trottel! Hier geht es um eine halbe Million DM. Denke gut nach!"

„Ja, es ist eine riesige Summe!", murmelte Lucino konfus. „So viel Geld werde ich in meinem ganzen Leben nicht zusammenbekommen."

„Sei vernünftig und verzichte auf Clou! Mädchen wirst du noch genug finden, bei deinem Aussehen und nun noch in der neuen Situation jetzt."

Der Junge drehte den Scheck in seinen Händen auf beiden Seiten, als ob er noch unschlüssig wäre, doch dann lachte er plötzlich wie nach einem gelungenen Streich.

„Ach, Clothilde ist hunderte, tausende von Millionen wert, wenn Sie es wissen wollen! Ich habe nichts anderes getan, als Sie an der Nase herumzuführen. Sehen Sie, Sie kennen die Menschen gar nicht. Sie sind einfach nur ein Schwein, ja, ein hinterhältiges Schwein..."

Er ließ den Abgeordneten stutzig hinter seinem Schreibtisch stehen und verließ genervt das Zimmer, wobei er der Tür einen heftigen Stoß gab. Am Flur traf er Clothilde, die gerade auf der Suche nach ihm war. Er drückte ihr den von Vogt unterschriebenen Zettel in die Hand und sagte in gleicher Stimmung:

„Na, bitte ..! Du kannst stolz auf dich sein! Einen Haufen Geld bist du jetzt wert. Cash! Kommst du mit nach Hause, oder willst du weiter in dieser Horrorbude bleiben?"

Das Mädchen sah ihn verwundert an, aber bevor sie noch etwas sagen konnte, war Lucino schon auf den Treppen verschwunden, laufend, wie von einem bösen Geist gejagt. Nach einigen Minuten lief *Madame* schnaubend die Treppe hoch, um ihre Tochter zu suchen.

Sie fand sie auf einer Couch im ersten Stock, dort wo der Junge sie gelassen hatte, niedergeschlagen, blass im Gesicht wie ein Gespenst.

„Habt ihr euch zerstritten, Clou? Dein Verlobter ist wie von Sinnen weggelaufen ohne ein Wort zu sagen. Was in Gottes Namen ist denn geschehen?"

Clothilde zeigte abweisend auf das Papier in ihrer Hand.

*

„Hallo, Hallo....., Familie Vogt?"

„Ja, Fräulein! Mit wem spreche ich bitte?"

„Ich bin Miguela Passielo, die Schwester von Lucino Passielo."

Da die Stimme am anderen Ende der Leitung ziemlich bestürzt und aufgeregt klang, fragte die Frau:

„Sie sprechen mit Frau Vogt persönlich! Ist irgendetwas mit Ihrem Bruder geschehen?"

„Si...si....mein Bruder war in den Unfall gestern auf der Autobahn verwickelt, vielleicht haben sie davon schon im Radio gehört. Es ist schrecklich!"

„Und der Junge? Lucino?", stotterte Clous Mutter besorgt.

„Mein Bruder, mein Bruder...hat einen Schädelbruch erlitten, er liegt im Koma! Die Ärzte können für sein Leben nicht garantieren."

Frau Vogt vernahm ein unbeherrschtes Schluchzen, in die Stille hinein.

163

„Aber wie ist das möglich? Sind Sie sicher Fräulein?"

„*Si!* Der Notdienst hat uns verständigt! Bitte, teilen Sie es Ihrer Tochter mit, Sie soll möglichst schnell ins Krankenhaus kommen. Lucino möchte mit ihr reden, aber kommt schnell, so schnell wir ihr könnt!"

*Madame* wollte noch etwas sagen, aber das Mädchen hatte schon aufgelegt. Nachdem Sie ebenfalls den Hörer auf die Gabel zurücklegte, blieb sie eine Zeit lang erschüttert stehen, darüber nachdenkend, wie sie ihrer Tochter diese tragische Nachricht überbringen sollte. Sie stieg sichtlich verstört die Treppen hoch bis zum Schlafzimmer des Mädchens, und klopfte an die Tür.

„*Oui?*", erwiderte eine Stimme von innen, die *Madame* gleich erkannte.

„Ich bin's, Mama!", verkündete Frau Vogt und drückte auf die Türklinke.

Clou war aufgestanden und bürstete gerade ihre langen Haare vor dem Spiegel.

„Clou, etwas Furchtbares ist geschehen.", begann sie mit zitterndem Ton.

„Lucino?". Die Frau nickte bejahend. Ihre Tochter sprang von dem kleinen Hocker auf dem sie gesessen hatte  auf, und sah dieser ängstlich ins Gesicht:

„Was ist los mit ihm? Sprich doch endlich!"

164

„Er ist schwer verunglückt! Seine Schwester Miguela hat vorhin angerufen. Lucino will dich sehen. Er liegt auf der Intensivstation."

Das unerwartete Auftreten dieser Tatsache war so schmerzhaft, direkt, dass, das Mädchen ihr Gleichgewicht verlor und gleich in Ohnmacht fiel. *Madame* Vogt rief den Namen eines Dienstmädchens und dieses stürzte Böses ahnend in das Zimmer:
„Oui, Madame! Oui!"
„Helga! Bringen Sie kaltes Wasser, schnell!"

In weniger als einer Minute war das Mädchen zurück mit einem braunen Flakon, das es Clou unter die Nase hielt, und ihr zugleich die Stirn mit einem eisgekühlten Lappen abtupfte. Als Sie, zu sich kam, stürzte sie sofort zur Tür, wie eine Schlafwandelnde:
„Lucino....Lucino....ich muss ihn unbedingt sehen, unbedingt, hörst du Mama? Ich will ihn sehen....!"
Die letzten Worte schrie sie fast, so als hätte sie Angst, dass sich irgendjemand ihr in den Weg stellen könnte. Ihre Mutter setzte sich neben sie, ihre blonden Haare streichelnd und versicherte ihr:
„Du wirst ihn sehen, sicherlich! Es ist ein Unglück für die ganze Familie!"
„Helga!", rief sie dem Dienstmädchen zu, das dieser Szene überaus verwirrt zusah. „Geh' sofort und sage meinem Chauffeur, er möge den Wagen vorfahren. Er soll sich beeilen, wie noch nie zuvor in seinem Leben. Hast du verstanden?"

„Oui, Madame!"

Die Intensivstation der Uniklinik war in diesen frühen Morgenstunden leer und ruhig. Nur einige Krankenschwestern in ihrer weißen Uniform gingen hin und her, ohne ausdrücklich beschäftigt zu sein. Vor einer Tür mit matter Glasscheibe warteten vier Personen, deren Name bekannt ist - die Passielos. Ihr Schweigen war so tief, dass es mit nichts, gar nichts, die üblichen Vorgänge in der Heilanstalt störte. Ein junger Mann mit getönter Brille kam aus einem der Räume, wo er wahrscheinlich praktizierte, und wandte sich mit leisem Ton an die Eltern des Verunglückten:

„Es tut mir leid, Herr Passielo! Ihr Sohn liegt jetzt, in einem fortgeschrittenen tiefen Koma. Sein Zustand ist sehr besorgniserregend, da noch keine Zeichen der Besserung aufgetreten sind! Aber das wäre natürlich ein Wunder!"

„Sie können ihn doch operieren!", stammelte der Patrone und sah dabei zu seiner Frau hilflos hinüber. Der Arzt schüttelte pessimistisch den Kopf:

„Wäre er schneller eingeliefert worden, dann hätte er vielleicht noch eine Überlebenschance gehabt, aber in diesem akuten Zustand kommt jede Hilfe zu spät. Unsere Geräte werden ihn noch eine Zeit lang am Leben halten. Der Körper hat außer Knochenbrüchen auch innere Blutungen erlitten. Er hat viel Blut verloren auf dem Weg zu uns, am

166

Unfallort. Auch eine Bluttransfusion kann, kaum was ändern."

„Wird er sterben?", fragte *Signora* Rosalia, ohne ihre Tränen mehr beherrschen zu können. Der Arzt senkte wortlos den Kopf. Er ließ die trauernden Eltern stehen und ging schweigend weiter bis er hinter einer der Türen verschwand. In dem Augenblick erschienen zwei aufgeregte Frauen in Eile am Ende des Korridors. Sie kamen näher und fragten sogleich:
„Wie geht es ihm? Wird er es überleben?", es war Frau Vogt, die sich zuerst fasste. Clothilde machte den Eindruck, als hätte sie sich von dem Schock von vorher, noch immer nicht erholt. *Signora* Rosalia antwortete anstelle ihres Mannes:
„Der Arzt sagte uns gerade, dass er im Koma liegt, er wird....er wird....., der arme Junge..."
Clothilde sah sie tief und resigniert an:
„Wo ist er? Ich möchte ihn sehen, *signora* Rosalia."
„Umsonst, mein hübsches Fräulein! Unser Lucino kann nicht mehr sprechen."
„Ich will ihn trotzdem sehen, ihn sehen....kapieren Sie?"

Sie öffnete die Glastür und trat in das Krankenzimmer, die Tür hastig hinter sich schließend. Eine ältere Krankenschwester machte ein Zeichen der Abwehr als sie Clou sah, und war nahe daran sie aus dem Raum zu weisen.

„Wer sind Sie denn? Was wünschen Sie? Sie dürfen hier nicht eintreten ohne die Erlaubnis des Arztes!"

„Lassen Sie mich zu ihm, ich bitte Sie! Ich bin seine Verlobte."

Die Schwester überlegte eine Sekunde, dann sagte sie mit verändertem Ton:

„Sind Sie Clou, Clothilde?"

„Ja, die bin ich, die er sehen wollte!", murmelte das Mädchen mit gesenkten Augen in denen die ersten Tränen zu sehen waren.

„Dann bleiben Sie, wenn Sie möchten! Der Patient kann aber nicht mit Ihnen reden. Sein Zustand ist hoffnungslos."

Sie nahm auf einem Stuhl neben dem Kranken Platz, und betrachtete ihn schweigend. Sie versuchte vergeblich ein Lebenszeichen auf seinem bandagiertem Gesicht wahrzunehmen, das absolut unbewegt auf einem Kissen lag. Die Krankenschwester sah sie aus den Augenwinkeln an und bemerkte sogleich:

„Berühren Sie die Schläuche nicht Fräulein, das kann sein.....sein.... verstehen Sie mich?"

„Gibt es also keine Hoffnung mehr, gar keine....?"

Die andere blieb schweigsam und sah sich weiter nach ihrer Handarbeit. Clothilde, die ihr Schweigen verstand, gab auf und ergriff dann vorsichtig ein paar Finger, die auf dem Laken lagen - die einzigen, die nicht unter dem dicken Verband standen, der fast den gesamten Körper einhüllte. Deren Glut erschreckte Clou, aber sie hielt sie fest in ihrer Hand und säuselte konfuse undeutliche Sätze hinüber: „Du....du....wie konntest du nur, warum.....wieso.....?"

Sie küsste die Finger mit einer Zärtlichkeit, die die Krankenschwester rührte, und ließ sie auf ihrer Wange ruhen, so als hoffte sie dabei ihm das Leben, die Bewegung zurückzugeben. Es verstrich einige Zeit ohne dass irgendetwas diese bedrückende Atmosphäre unterbrach. Der Kranke schien in Agonie zu schweben; sie konnte sogar den ungewöhnlichen Blutpuls durch seine Finger spüren. In dem Moment fühlte er sie, denn seine Finger schienen sich für einen Augenblick zu bewegen, dann aber blieben sie erneut leblos da, kleben. Sie hatte den vagen Eindruck, dass diese langsam abkühlten, Minute für Minute. Plötzlich brach sie in ein herzzerreißendes Weinen aus und die Krankenschwester, trat schnell danach, ans Bett des Jungen. Sie guckte besorgt auf die Impulszeichen des Gerätes, die den Kontakt, mit diesem endgültig verloren hatten.
„Ihr Verlobter, es tut mir leid...furchtbar leid....."
„Nein....nein....! Ich will hier bei ihm bleiben, mit ihm! Sie können es nicht verhindern!Nein...! Das können Sie nicht...."

Die Frau zog sich zurück, etwas vor sich hin murmelnd, um die wartenden Familienmitglieder die unangenehme Nachricht zu verkünden. Als diese in das Zimmer traten, war das Mädchen erneut bewusstlos geworden. Ihre kleinen, weißen Finger umklammerten noch immer die Hand ihres Geliebten, so als ob sie ihn nie mehr freigeben wollten. Frau Vogt gab einen durchdringenden Aufschrei von sich, und Miguela, dem Weinen verfallen, lief heraus, um einen Arzt ausfindig zu machen.

*

Die Bestattung L. Passielos war traurig, wie erwartet, ohne viel Aufsehen zu erregen. Er wurde im engsten Familienkreis beigesetzt, in einem kleinen Provinzstädtchen, dessen Name schwer zu behalten war, in der Nähe von Rom. Clothildes Mutter kam allein, in Trauerkleidung ohne ihre Tochter, denn diese war an dem Tag, wegen ihres Schocks, gleich in ein Rehabilitationszentrum interniert worden. Ein Psychotherapeut sagte, dass ihre Psyche, schwer angegriffen sei, also musste sie, eine Zeit lang unter Beobachtung stehen. Frau Vogt, wurde mit gleichem Beileid und Mitgefühl empfangen.

Die offiziellen Rituale fanden in einer stillen Stimmung statt - niemand hatte was zu sagen - nur das Gebet des Pfarrers war zu hören, aber auch dieses verstummte mit der ersten handvoll Erde, die auf den mit unzähligen Blumenkränzen geschmückten Sarg fiel. *Madame* Vogt kehrte erst eine Woche nach der Beerdigung zurück. Nach ihrer Ankunft ging sie einem eventuellen Zusammentreffen mit ihrem Mann aus dem Weg - sie hatten sich vorher ordentlich gestritten. Die Familie des Patrone war kurz darauf auch wieder in Ulm. Eine Diskussion zwischen Adamo und seiner Tochter Miguela verdient noch genannt zu werden, da diese das Ergebnis von kuriosen Ereignissen sein sollte, die von der örtlichen Polizei bis heute noch nicht geklärt worden sind. Es ging um Lucino. Miguela hatte zu erzählen begonnen:

„Als Lucino noch bei Bewusstsein war, hat er einen Scheck von einer halben Million Mark erwähnt, Papa. Geld, das ihm Clothildes Vater gegeben hatte, mit der Bedingung sie zu verlassen, sie aus unserem Haus zu vertreiben. Aus diesem Grund ist er aus ihrer Villa fortgegangen, enttäuscht und beleidigt, wie nie zuvor von diesem Mistkerl. Du weißt doch, wie sensibel Lucino in manchen Situationen war. Diese Affäre hat er sich viel zu sehr zu Herzen genommen."

„Du hast ihn nicht richtig verstanden, mein Kind! Eine halbe Million, das ist Geld, kein Spielchen.", widersprach der Patrone der Bella Roma sie ungläubig und schief ansehend.

„Doch, das habe ich mit meinen eigenen Ohren gehört, und ich täusche mich in keiner Weise darüber. Wie kannst du dir sonst erklären, dass er das Haus von Clous Eltern alleine verließ, beschwipst und vor allem ohne Clou?

*Madame* Vogt hat mir von einer Auseinandersetzung zwischen ihm und ihrem Mann erzählt, aber über Geld hat sie kein Wort gesagt. Ich vermute, sie hat es nicht über ihre Lippen gebracht diese unglaubliche Geschichte einzugestehen!"

„Diese Komödie ist ja, das widerlichste was mir bis heute zu Ohren kommt! ", fuhr es aus Adamo heraus, der ohne zu wollen, plötzlich in Wut geriet.

„Wenn es dir als Komödie vorkommt, warum ärgerst du dich, dann Papa? Ich weiß aber, dass es eine ernsthafte Sache war, dass mein armer Bruder nicht phantasierte, oder dummes Zeug sprach."

Der Patrone schien wie in Gedanken verfallen.

„Soll Lucino wegen diesem vermutlichen Scheck den Unfall erlitten haben, dann wird dieser Vogt nicht ungeschoren aus dieser Affäre davonkommen, so wahr ich Adamo Passielo heiße! Ich werde die Wahrheit herausfinden müssen. In welcher Klinik ist Vogts Tochter interniert?"

„Die Adresse hatte ich irgendwo in einem Notizblock! Vor einigen Tagen hat sie, wie du weißt, dieses Baby von Lucino zur Welt gebracht."

„Ich werde zu ihr gehen und sie befragen!", entschloss sich der Wirt.

„Clothilde hatte einen schweren Zusammenbruch damals, nach Lucinos Tod. Nicht mal die Geburt des Kindes hat sie aus diesem Zustand herausreißen können."

„Das ist mir jetzt egal. Ich muss wissen, was wahr ist an dieser Geschichte, und was nicht!"

*

Der Patrone der Bella Roma zog am nächsten Morgen seinen dunkelblauen Sonntagsanzug an und fuhr den Mercedes 300 aus der Garage in Richtung der von Miguela genannten Adresse. Am Klinikeingang musste er sich ausweisen, wurde aber gleich eingelassen. Am Weg hatte er noch ein Veilchensträußchen vom Bahnhofskiosk gekauft und machte den Eindruck eines herausgeputzten Väterchen auf Reisen. Eine hochgewachsene, schlotterige Krankenschwester, geleitete ihn zum Zimmer des Mädchens, das sich im Erdgeschoss des Gebäudes befand. Diese schien zu schlafen. Auf den Nachttischen neben dem einzigen Bett in dem kleinen Raum, standen Blumen, Geschenke und andere Dinge dieser Art, die das Mädchen kaum beachtet hatte, denn sie waren weitaus, immer noch unberührt. In der Luft schwebten Gerüche, allerlei gemischte Düfte, wie in einem Blumenladen. Adamo guckte fragend zur Krankenschwester hinüber.

„Vor einer halben Stunde haben die Vogts die Klinik verlassen, die Eltern der Kleinen! Das Fräulein kriegt zahlreiche Besuche, es wird viel nach ihr gefragt. Es ist kein Wunder dies, denn Sie ist sehr hübsch, anschmiegsam, und es ist normal dass die Menschen sie mögen!"

„Ist sie wirklich krank?", interessierte sich der Patrone, wobei er die Veilchen neben die anderen Blumen legte. Die Schwester nickte mitleidig: „Sie ist ständig in einem Zustand passiver Lethargie. Ihr Gedächtnis ist aber voll da, manchmal. Der Arzt, der diesen Fall behandelt, sagt es sei ein komplizierter Kasus. Es wird vielleicht Jahre dauern, damit sie in das normale Leben zurückfindet. Aber es gibt natürlich auch die triste Möglichkeit, dass das Mädchen aus diesem akuten Traum niemals mehr herauskommt."

„Wird sie mich erkennen, was meinen Sie?"

„Ich glaube ja, wenn Sie sagen, dass sie, Sie kennt. Ihr Gedächtnis ist nur zeitweise gestört, wie ich schon sagte!"

„Dann wecken Sie, sie bitte!", wagte es Passielo, einen Blick durchs Fenster werfend. Die Frau rüttelte das Mädchen leicht an der Schulter. Clothilde öffnete die Augen und starrte sie abwesend, timide an.

„Ein Besucher, Fräulein Vogt, ein Herr Passielo will Sie sprechen!", rechtfertigte sich die Frau zur Türe weichend. Der Wirt schloss sie hinter ihr, und näherte sich dann mit zögernden Schritten dem Bett des Mädchens.

„*Buon giorno, signorina, Clo!* Ich bin's, *signore* Passielo, erinnern Sie sich an mich?"

Clou blickte erst mit ihren großen Augen wie erschrocken, dann aber sagte sie ganz aufgeheitert: „Ja, natürlich! Sie sind Lucinos Vater, haben Sie ihn etwa auch mitgebracht?"
„Wen denn?", fragte Passielo unschlüssig.
„Na, Luc....Lucino....ist er auch mitgekommen?"

Der Patrone kratzte sich am Kopf, so wie er es immer tat, wenn er etwas nicht verstand, und sprach dann ein bisschen milder als zuvor:
„Lucino ist nicht da!", log er. „Er ist auf einer Reise, lange Reise nach Italien, *signorina!* Fern von Deutschland, weit weg von dieser gottverdammten Stadt!", versuchte er sie aufzuklären, mit Mühe eine Träne in seinen Augenwinkeln unterdrückend.„Er wird jedoch kommen, Fräulein Clo, er wird kommen, aber nicht jetzt, nicht heute!"
Das Mädchen schien gleich beruhigt mit dieser Antwort zu sein - er war, wahrscheinlich nicht der einzige, der sie auf diese Art zu versichern versuchte.
„Sagen Sie ihm, dass ich ungeduldig auf ihn warte, denn ich liebe ihn genauso sehr. Er hat mir versprochen, dass wir heiraten!"
Passielo sah zu Boden hinunter nicht wissend, was er darauf antworten sollte, doch dann fasste er sich wieder und fuhr mit gleichem Ton fort:
„Erinnern Sie sich noch an den Geburtstag Ihrer Mutter? An die Einladung, die sie von ihr bekommen hatten?"

Clothilde nickte ohne ein Wort zu sagen.

„Wissen Sie auch etwas von einem Scheck im Wert von einer halben Million, das mein Junge von Ihrem Vater bekommen hatte? Können Sie sich noch erinnern, Fräulein Clo?"

„Ein Scheck...ja...ja...!", stammelte sie, etwas in einer danebenliegenden Handtasche suchend. Daraus holte sie ein zerknittertes Blatt Papier hervor und gab es dem Wirten mit einer teilnahmslosen, abwesenden Geste. Er faltete den Zettel auseinander und las den Inhalt, wobei seine Gesichtsfarbe immer blasser wurde. Er lächelte jedoch, als er das besorgte Gesicht des Mädchens bemerkte, das auf ihn gerichtet war, und ergriff den Veilchenstrauß, den er ihr als Geschenk mitgebracht hatte.

„Ich habe Ihnen ein paar Veilchen gekauft!", murmelte er mit erstickter Stimme. „Sie sind unheimlich schön in dieser Jahreszeit, so schön wie Sie, so schön wie mein Junge."

Clothilde schaute auf die Blümchen, angetan und wisperte dann träumerisch vor sich hin:

„Oh, ja, sie sind klein und lieblich, so schön wie mein Geliebter!"

„*Arrivederci, signorina Clo*...ich hoffe, Sie noch zu sehen."

Er zog sich jetzt zurück, ohne die Kraft mehr zu haben, diese herzzereisende Szene weiter zu ertragen. - „*Arrivederci......!*"

„Auf Wiedersehen, *signore Passielo*! Sie vergessen aber nicht, was Sie mir versprochen haben, nicht wahr?"

„Ich werde es ihm sagen, Fräulein, ich werde es ihm ausrichten! *Arrivederci!*"

Er eilte aus dem Zimmer und ging direkt zum Ausgang der Heilanstalt, seinen Wagen suchend. Es dauerte eine Zeig lang, bis er das Auto in de Wirrwarr des Parkplatzes fand, dann saß er sich ans Steuer und fuhr zur Autobahn hinaus.

\*

Als er die Villa des Abgeordneten erreichte, dämmerte es bereits. Er parkte den Wagen im Hindergrund einiger blühender Fliederbüsche und legte den Rest des Weges zu Fuß zurück. Er las die kupferne Hausnummer am Eingang, dann ging er durch das Tor der Villa ohne von jemandem aufgehalten zu werden. Im Hause des Politikers war es hell, aber er zögerte anzuklopfen, und machte einen Umweg entlang der Kastanienallee, ohne irgendeinem Ziel zu folgen. Auf einmal befand er sich an der Hinterfront des Hauses. Er wollte schon zurückkehren, aber ein schwacher Lichtschein zog seine Aufmerksamkeit an und verlockte ihn dahin. Sich dem Glasgebilde nähernd, bemerkte er, dass es ein Treibhaus war. Im Inneren arbeitete jemand;

177

man sah seinen Schatten über die Pflanzentöpfe gebückt, sich nur hin und wieder bewegend. Er klopfte an die Glastür und sah, wie derjenige den Kopf hob und sich anstrengte durch die beschlagenen Glasscheiben zu sehen. Als er nichts zu erkennen vermochte, rief eine Stimme plötzlich: „Treten Sie bitte ein!"

Passielo folgte dieser Aufforderung und stieß auf einen Mann in leichter Arbeitskleidung, der ihn fragte:
„Mit wem habe ich die Ehre, wenn ich fragen darf?"
Der Wirt sagte selbstsicher:
„Ich sah das Licht und dachte, dass irgendwer da ist! Eigentlich wollte ich mit dem Herrn des Hauses sprechen, diesen Herrn Vogt."
„Sie haben Glück, ich bin Vogt! Und wer sind Sie?", fragte dieser ein zweites Mal. Passielo skizzierte eine sichtlich überraschte Miene:
„Sie?"
„Ja, ich! Sie haben mich zu einem höchst unpassenden Moment angetroffen. Wie Sie selbst sehen können, ich habe zu tun."
„Das sehe ich! Das, was ich Ihnen jedoch zu sagen habe, ist von ungeheurer Wichtigkeit für mich, denn es geht nämlich um den Tod meines ältesten Sohnes Lucino, Lucino Passielo!"
„Sie sind also der Vater dieses Pechvogels?", fragte der Abgeordnete so unerwartet bei Wort genommen.

„*Si, signore* Vogt! Ich wollte Sie nur fragen, ob Sie Ihre Schrift, Ihre Unterschrift wieder erkennen, hier, unter diesem Halben-Millionen-Scheck!"

„Die Schrift? Was reden Sie da für einen Unsinn?! Was für eine Unterschrift?"

Passielo hielt ihm das zerknüllte Papier vor die Augen, das er von seiner Tochter bekommen hatte.

Vogt machte eine unzufriedene Bemerkung:

„Ja, das habe ich geschrieben. Was wollen Sie eigentlich von mir, Piselo?"

„Passielo!", korrigierte dieser. „Mit welchem Zweck haben Sie meinem Sohn diesen Scheck ausgehändigt, Herr Vogt?"

„Das geht Sie nichts an, stecken Sie Ihre Nase nicht in Angelegenheiten, die Sie nichts angehen."

„Doch, das geht mich sogar sehr an! Es besteht die Annahme, dass wegen dieses verfluchten Stückes Papier mein Sohn veranlasst wurde, die Nerven zu verlieren und in dieses bedauerliche Unglück zu laufen. Diesen Unfall, von dem Sie sicher schon gehört haben."

„Ich habe den Eindruck, dass Sie falsch informiert sind, so einfach zu mir zu kommen und mich für den leichtsinnigen Tod Ihres Sohnes verantwortlich zu machen!"

„Das mag sein, aber ich habe die Geständnisse einiger Personen, die bezeugen, dass Sie ihm diesen Scheck gegeben haben und damit bezweckten, diese Heirat, die gerade vorbereitet war, zu verhindern. Sie haben das Leben meines Sohnes auf dem

179

Gewissen, Herr Vogt, und dafür werden Sie die Konsequenzen tragen."

„Sie reden Unsinn! Welche Schuld trifft mich, dass er seinen Kopf verlor und den Helden auf der Autobahn spielen wollte, betrunken wie er war und ohne Verantwortungsgefühl sich selbst oder den anderen Fahrern gegenüber. Er trägt allein die Schuld sein Leben so dumm aufs Spiel gesetzt zu haben!"

„Wie dieser Unfall sich ereignet hat, wird für alle ein Geheimnis bleiben. Aber das ganze Unheil ging von Ihnen aus! Aus ihrem Kreis von Reichsprotzen und gefühlslosen Misanthropen, ohne jede Einsicht oder Mitgefühl den gesellschaftlich Niedrigeren gegenüber. Sie haben wie ein Maultier die wahre Leidenschaft dieser Kinder mit den Füßen getreten, Sie Tölpel, und beide in Ihrer krankhaften Wut zerstört!"

„Werden Sie nicht absurd! Niemand kann mich für meine Standpunkte verurteilen, und wenn ich mich gegen dieser Heirat widersetzt habe, dann nur aus dem einfachen Grund, dass ich Ihren Sohn für Clothilde als unpassende Partie schätzte. Ich habe ein Recht auf meine eigenen Ansichten. Auf Wiedersehen, Herr Pisselo!"

Der Wirt steckte seine Hand in die linke Hosentasche und tastete mit zitternden, unsicheren Fingern nach einem Gegenstand. Er blieb unbewegt, ohne zu wissen, wie er auf diesen unerwarteten

Abschiedsgruß reagieren sollte. Das wunderte den anderen, der ihn standhaft beäugte:

„Unser Gespräch ist damit beendet, mein lieber Herr! Ich nehme an, dass ich mich deutlich genug ausgedrückt habe. Ich bitte Sie, lassen Sie mich nun weiter arbeiten."

„Wissen Sie was, Herr Vogt! Ich glaube, ich lade keine Sünde auf mich, wenn ich die Welt von einem solch gewissenlosen Greuel wie Sie befreie."

Er zog ganz leise den Revolver aus der Tasche seiner marinenblauen Hose und richtete ihn ohne Eile auf die Brust des Politikers, der vor ihm stand. Alfred Vogt legte die Pflanzenschere beiseite und blieb wie erstarrt stehen. Er fasste sich aber rasch wieder, eine passive Haltung annehmend:

„Sehen Sie mal, Herr Pisello! Wenn Sie jetzt sofort diesen Raum verlassen, dann bin ich bereit, diesen Vorfall zu vergessen und von einer entsprechenden Anzeige abzusehen. Gehen Sie, bevor ich's mir anders überlege, und Sie vor's Gericht bringe, wo Sie es verdienen zu stehen. Verlassen Sie sofort meinen Grund und Boden!"

Adamo blieb unbeirrt wie versteinert vor Ihm, mit einem argwöhnischen Blick in den Augen, der den anderen veranlasste einen Schritt zurückzutreten.

„Hören Sie, spielen Sie nicht den dramatischen Helden! Wir befinden uns nicht im Theater oder im Kino! Lassen Sie die Waffe, wenn Sie nicht den Rest des Lebens hinter Gittern verbringen wollen!"

„Daran denke ich kaum! Nicht jetzt!", hob der andere entschlossen die Stimme. „Glauben Sie ja nicht, dass ich umsonst zu Ihnen gekommen bin. Ich bin absolut sicher eine gerechte Tat zu begehen."
Vogt wurde leichenblass:
„Sie sind völlig verrückt! Ich werde sofort....."
Zwei Schüsse fielen einer nach dem anderen und der Körper des Mannes verkrümmte sich für einen Augenblick in der Luft, und fiel dann langsam inmitten der tropischen Pflanzen, die er mit seinem Gewicht erdrückte.

Passielo betrachtete ihn ohne jede Spur von Reue, noch etwas in sich hineinmurmelnd: „Ich heiße Passielo...!"- ging dann aber eilig hinaus auf den Parkausgang zu. Im Haus waren Geräusche der Unruhe zu hören, aber als die Eingangstür geöffnet wurde, um zu sehen, was draußen vorgefallen war, hatte Passielo schon das Torgitter passiert, und schloss gerade seine Wagentür auf. Er drehte den Kontaktschlüssel um, und fuhr den weißen Mercedes ruhig an, ohne von irgendeinem bemerkt zu werden.

Die Autobahn, die Ulm durchquerte, war befahrener als je. Es war Freitag und die Menschen eilten in die Stadt zum Einkauf, denn das Weekend stand vor der Tür.
Es war warm und Adamo Passielo ließ das Fenster seines Wagens herunter, zog die kühle Luft von draußen tief in die Brust. Um auf andere Gedanken zu kommen, stellte er das Radio an. Es ertönte eine

Melodie, die ihm bekannt war. Er erinnerte sich erneut an seinen ältesten Sohn, denn diese Klänge waren des Öfteren aus dessen Zimmer zu hören gewesen, vor allem montags, wenn das Lokal geschlossen hatte, und Lucino noch in der Pizzeria arbeitete: „Was für Zeiten...."

„Lucino, Lucino....etwas leiser, in Gottes Namen, hörst du nicht?"

„*Si,* Papa, *si !* Nur einen Moment!", kam dann die Antwort von drüben, automatisch wie vorprogrammiert, wie jedes Mal, wenn er so ermahnt wurde.

Der Patrone schien heimlich zu schmunzeln. Der Junge tat es fast nie. *Per Bacco,* er hatte doch einen kleinen Enkelsohn von ihm. Diesen musste er finden. Er war sicher, er konnte es sogar schon jetzt schwören. Dieser, ja, dieser musste ihm ohne Zweifel ähnlich sein........